時代の抵抗者たち

なかにし礼
前川喜平
古賀 誠
中村文則
田中 均
梁石日
岡留安則
平野啓一郎
安田好弘

青木理

河出書房新社

時代の抵抗者たち　目次

時代の抵抗者たち

はじめに

本書は、スタジオジブリの出版部が発行する小冊子『熱風』で続けている対談連載『日本人と戦後70年』に掲載してきたものの一部である。

連載のスタートがちょうど戦後70年にあたる時期だったから、冊子連載のタイトルは『日本人と戦後70年』とした。一見したところ何の変哲もないと思われるかもしれないが、ただ、私と編集部はかなりの危機意識をこのタイトルに込めた。それは戦後70年の節目に「一強」と称される歪《いびつ》でチャイルディッシュな長期政権が君臨したことなどを主な要因とし、この国の政治と社会がかろうじて堅持してきた戦後の矜持や民主システムが大きく破壊されてしまいつつあるのではないか——そんな危機意識であり、だから私たちは連載の対談相手としてさまざまな分野の第一線で活躍する方々を招き、かつてこの国が無残な破滅への道を突き進んでしまった大戦から70年の時を経て、いったいこの国が現在どのような地平に立っているのか、さまざまな問題の所在や深淵を浮き彫りにしようと努めてきた。

従って連載には実に多様で多彩なスペシャリストが登場し、さまざまな分野の「日本人と戦後70年」を考察することになった。政治、外交、司法、経済、教育、宗教、憲法、メディア、ジャーナリズム、文学、音楽、芸術、国際支援。連載は現在も続いていて、正確には数えていないのだが、これまでだけで優に40人を超える方々が対談相手となってくれた。すべての対談原稿は、私が書き手にもなっている。

そのうちの9人をまずは選んで本書を編むにあたり、タイトルを『時代の抵抗者たち』としたのには理由がある。

本書に登場いただいた9人をご覧になればわかるとおり、中には根っからの「抵抗者」もいるにはいるけれど、しかしそれぞれの分野で一流のスペシャリストばかりであり、本来であればそれぞれの分野の中心的人物として中枢を歩み続けていく――あるいは歩み続けてもおかしくなかった――ような方々が含まれている。

ところが、そうした方々が時に脇へ追いやられ、時に奇妙な批判にさらされ、時には(本意ではないかもしれない)政治的な発言を余儀なくされ、必死で警告を発する役回りを担わされている。つまり、もともとは決して「抵抗者」などと呼ぶべき存在ではないのに、時代と社会の歪みが彼らをして「抵抗者」たらざるを得なくしてしまっている――そんな含意が、「時代の抵抗者たち」というタイトルには込められている。

また、本対談集の出版は新型ウイルスの感染拡大に世界中が慄く時期とも重なった。間違いなく人類史に深々と刻まれる巨大な厄災であり、多くの識者らが指摘しているように、人類の活動のある種の帰結ともいえる感染症の災禍は今後も繰り返しやってくるだろうし、コロナ後の世界はこれまでと大きく変貌するのだろう。

もちろん本書に収録したのはコロナ前の対談ばかりだが、しかし、いずれも根源的で本質的なテーマに関する議論ばかりであって、多少の時間のずれがあってもまったく古びず、コロナ後を生きる私たちに大切な指針を与えてくれるに違いないと信じている。

願わくば、本書に登場していただいた方々の必死の警告が、問題提起が、こうしてあらためて一冊の書籍として編まれることを契機とし、1人でも多くの「日本人」に届いてほしい。

第1章

なかにし礼

芸能という自由・平等・猥褻

なかにし礼という人物は私にとって、どこか遠い世界にいる霞のような存在である。作品のクレジットを幼少期からテレビ等で目にし、その歌詩を繰りかえし耳にしていたけれど、田舎育ちの私には別世界の異境にあるものに思われて仕方なかった。

最近になって何度かお目にかかって謦咳に接し、身体の芯に強靭な反骨心を秘めていることを知り、遠い世界の存在であることには変わりがなくとも、表現に関わる者としての敬意と同時に連帯感のようなものを抱くようになった――と書けば、少しく生意気な印象を与えてしまうだろうか。

その身体に秘めた反骨心が生来のものか、波乱の人生のなかで培われたものか、おそらくは双方なのだろうと想像する。この国が先の戦争中に傀儡国とした旧満州で生を受け、戦後は国家に見捨てられつつ命からがら引き揚げ、刻苦と幸運に導かれて時代の寵児となった。

それよりかなりあとの時代に生まれた私も、幼少期から青年期にかけて、そのような作詩家が紡ぐ歌を聴きながら育ったのは、いまから考えればずいぶん幸せなことだった。少なくとも、反骨心など微塵も感じさせない者たちが量産する歌ばかり蔓延る現在に比べれば、はるかに。

だから、さまざまなことを聞きたかった。まずはこの国の戦後が抱え、現在も引きずっている矛盾。あるいは、国家などというものが根本では信用できないという事実。そして、妙に華やかな言説で語られることの多い芸能という異界についても。

これらのすべてを、なかにし礼という人物は実体験とともに知悉している。特に芸能の世界に関しては、赤裸々な内実も、歴史も、いまなお根強く漂う悪習に至るまで……。そのほんの一端でも、この対談で聞き出し、記録として残せただろうか。

顰蹙を買った『時には娼婦のように』

青木　なかにしさんにはぜひ日本の芸能界について、戦後70年の歴史とその実態についてうかがいたいと思ってきました。

なかにし　聞かれてまずいことは何もありませんので、どうぞ（笑）。

青木　ありがとうございます。もちろん70年の間ずっとというわけではありませんが、なかにしさんはその相当部分を中心人物の1人として担い、おびただしい数のヒット曲などを生み出しつつ、芸能界を直接ご覧になってきたわけですね。

なかにし　芸能って、常に客を集めてワーワー騒がれ、時代の寵児というのかな、人気者もたくさんいますよね。だけど綿々と歴史がつながっている歌舞伎とか人形浄瑠璃のような世界もある。僕はどちらかというとむしろ後者に関心がありました。人気を呼んでいる人びとにはさほど関心はなくてね。

自分が関わっていた時も歌舞伎とか、そっちのほうに通っていました。それは自分が見て、聴いて、喜びとするから行くのであって、ヒット曲を生み出すという作業はまた少し別種でね。僕にとっては仕事というのかな。やるべきことをやって、ヒットして、なるほどと自分で納得すればいい。

一方でやはり日本の伝統芸能、伝統というとまた言葉が少し違うんだけど、常に気になって見ていましたね。僕は旧満州で生まれて、日本とのつながりはいったい何だったのかというと、結局は芸能なんですよ。

青木　なかにしさんは、旧満州の牡丹江市（現在の中国・黒竜江省）で生まれ、終戦後は命からがら引き揚げてこられたんですね。

なかにし　うちは酒造業をやっていて、日本酒を造っていました。日本から米を輸入して、向こうで日本酒を造っていた。水が悪いからうまいものではないだろうけど、満州では一応いい酒として売れて、関東軍にも納めていたんです。中国人に囲まれ、中国人の料理人が作る料理を食べ、それが僕の故郷の味でした。餃子やラーメンが母の味。

じゃあ何で日本とつながっていたかというと、芸能なんです。親父が好きなのが浪花節。母親が好きなのが長唄。姉も日舞を踊っていたりして、長唄のレコードが家でしょっちゅう流れていました。それを聴いて小さい頃を過ごした。

日本から渡ってきている従業員や杜氏（醸造職人）たちも、みんな日本が懐かしいから日本の歌謡曲を歌ってね。で、長唄を聴き、特に『勧進帳』なんかを聴いて、非常に覚えやすいメロディで親しんでいたことが、満州にいながらも日本人であるという一つの安心感、アイデンティティと言ってしまえばそうなんだけど、そういうものを子どもなりに感じていました。

そのとき歌謡曲もあったんだけど、歌謡曲って何かものすごく一過性のものに思えて、あまり心を奪われなかったんです。ましてや大人の歌だから、『誰か故郷を想わざる』とか『人生の並木道』とかを聴いても、子どもだから何も感じない。だけど『勧進帳』を聴くと、何かザワザワと心が動かされる。それが僕の中に残っていて、日本へ帰ってきてからもずっと関心を持っていました。

青木　旧満州に生まれると、やはり現代の一般的な日本人とは少し違うアイデンティティを抱くものなんでしょう。

なかにし　僕の子ども心のアイデンティティは、両親は日本人、生まれたところは牡丹江市中区平安街。そのことは僕の中での非常に強い核になっています。生まれた場所というのは、いつまで経っても変更できない。だから日本という国の中に故郷はなくて、満州という国ももちろんなくなっている。自分が住んでいた家は公園になってしまって跡形もない。

でも、そこで生まれたことは間違いなくて、満州で8年間暮らしていますから、小さい時の感受性というものは、完全に大陸的なんです。子どもが8歳までにたぶん味わうであろう風土との関係で言うと、僕は日本においては完全な欠陥者ですね。季節の移り変わりで自然に身につく日本的情緒とか、感性とか、そんなものを僕は持たないままこの国に戻ってきた。

向こうは6月になるとりんごの花も桜も一緒にバーッと咲いて、それはまた絢爛たる春だけど、日本のように梅が咲き、桜が咲き、そして散っていくというような、そういう情緒はない。

青木　その幼少体験は、なかにし作品にも投影されていますか。

なかにし　投影されています。されているというより、その感性でしか書けない（笑）。小説においても、何においても。

青木　数々の大ヒットを生み出した作詞活動も?

なかにし　そうです。情緒纏綿《じょうちょてんめん》たるものへの興味というのがあまりないんです。だけど一方で、芸能というものが僕と日本をつなぐ何かの役をしてくれているというのを本能的に感じていて、日本に移ってきてからも芸能には、基本的には歌舞伎だけど、強い関心を持って見に行っていました。

でも、そこから時が流れて、現在になると、僕のアイデンティティは何かというと、満州で生まれたというのが第一。第二は日本人であるということ。順番はどちらでもいいんだけど、アジアがあって、日本があって、自分がいる。アイデンティティを三重構造ぐらいにして、その上で西洋文化に興味を抱いている。

青木　ただ、幼少期のなかにしさんの心を動かした歌舞伎だって、今は日本の伝統芸能という扱いを受けていますが、もとをたどれば、かぶき者などと眉をひそめられた人々が生み出した特異な芸能文化だったわけでしょう。そういう点では現在の芸能も同じはずです。

なかにし　まったくそのとおりです。だから歌謡曲そのものが持っていなければならないものは、やはり歌舞伎が持っていたヴァイタリティと、ヴァリエーションの豊富さと、かぶいた精神。そういうものを持っているかぎりは歌謡曲が日本の芸能であり得たと思うんです。

だけど、そう思わない人もいっぱいいて、七五調にちんまり収まるのが歌謡曲だという人もいるし、お行儀のいいのが歌謡曲だという人もいる。僕はそれに反発して、公序良俗に反する歌を書くことで歌謡曲の幅を広げたり、活性化させたりするということに惹かれました。それが歌謡曲を歌舞伎の世界につなげることでもあった。

青木　なかにしさんがお作りになった歌詞の中で、いま振り返ってみて、これはかなりかぶいたなと思われるのはなんですか。

なかにし　それは『時には娼婦のように』でしょう、顰蹙を買いましたからね。

青木　やっぱり（笑）。「時には娼婦のように　淫らな女になりな　真っ赤な口紅つけて　黒い靴下をはいて　大きく脚を広げて……」という歌詞は、いま聞いてもかなりインモラルです。ひょっとすると、いまこんな歌を作ったらもっと批判を浴びるかもしれない。

なかにし　自分のなかでは一番きわどいというか、危ない歌を書いたなと思います。でも、ちばてつやの『おれは鉄兵』という漫画がありましてね。

青木　かつて大人気だった剣道漫画ですね。

なかにし　ええ。そのなかで主人公の鉄兵が風呂に入りながら「時には娼婦のように〜」と歌う場面があるんです。ちばてつやも旧満州生まれなんだけど、何か通じ合うものがあってね。うれしい思いをしました。

世の中では放送禁止とか、いろいろなことを言われたんだけど、レコードはどんどん売れていく。放送禁止も解除される。で、子どもたちも歌う。歌の持っている力がどんどん発揮されていって、良識がいくら抵抗しても、歌は浸透していく。そしてついにはちばてつやの漫画の中で鉄兵が歌っている。それは面白い現象でした。

歌謡曲は昭和で終わった

青木　振り返ってみると、僕らの世代は歌謡曲が流行のど真ん中に鎮座していました。逆にそれに反発して洋楽を聴いたり、アンチ歌謡曲的な歌い手に惹かれたり、そういうムーブメントがあっても、結局は歌謡曲に引き戻されたり……。何をもって歌謡曲と定義するのかも難しいんでしょうが、なかにしさんからご覧になって、最近の日本の音楽シーンというか、流行言葉でいうと「J.POP」などについてどう思われますか。

なかにし　昭和いっぱいで歌謡曲は終わったと思うんです。実際、歌謡曲という言葉も終わっている。メディア自体がガラッと変わりましたからね。レコードがCDになった。デジタル時代になった瞬間、今までのインフラがみんな頓挫するわけです。音楽界自体が大きな変動に直面したということが、どうにもならない一つの事実だと思います。

青木　同時にネットの隆盛とともにメディアが多様化し、昔だったら一つのヒット曲が出れば子どもから大人まで誰もが知っていたというような状況はほとんどなくなりましたね。

なかにし　それもインフラの変化です。ネット社会になり、音楽の受容のされ方が全然違ってきている。ネットでは1000万回のアクセスがあるような歌がたくさんあって、1000万回というと、1曲300円としたって30億円。そっちはけっこう商売にはなっているけど、CDは売れないから、レコード会社はどんどんなくなっていく。

青木 そういうインフラの変化は、テレビの歌番組なんかの変化とも同時進行していませんか。昭和でいえば、大晦日はNHKの『紅白歌合戦』とTBSの『レコード大賞』を家族そろって観たという人も多いでしょう。

なかにし それはテレビ局の闘い方もあって、NHKがだんだん欲を出して（番組開始の）時間を早めてきて、TBSを押し潰した。TBSはしょうがないから（『レコード大賞』の放映を）前の日へ持っていって、ここから壊れるんです。

そうなってしまうと面白くなくてね。かつてならレコード大賞をもらった歌手が「ただいまパトカーに先導されてTBSからNHKに向かっています」なんていう臨場感があったりね（笑）。ああいう嘘か真かわからないけれど、取るに足らないことがエンターテインメントの基本だと僕は思う。

そういうものをどんどんなくし、『紅白歌合戦』も本当の意味での「歌合戦」ではなくて、『紅白』という番組をNHKが作り込み始めたでしょう。それによって歌の活力そのものが失われていったということはあると思います。

青木 かつての『紅白』は、その年のヒット曲を歌い手が次々披露する文字通りの「歌合戦」

だったけど、今はそうじゃないと。

なかにし　今は、たとえば「今年のテーマ」というのがある。そんな『紅白』、ダメなんですよ。『紅白』というのはもっとドンチャカなお祭りであって、芸能人がその場限りの芸を披露しながら進行していって、時間内に収まるか、収まらないかわからないような微妙なところで転がっていくのが緊張感があって面白い。でも、最近はしっかりできあがってしまって、歌を聴いているんだか、やたらと大がかりな番組を見せられているのか、わかる人はわかるから魅力がないんですよ。

青木　おっしゃるようにインフラの面では劇的な変化にさらされている歌謡界、音楽界ですが、一方で芸能界というくくりで見ると、昔から変わりばえしないというか、むしろかつてよりも自由度を失って古色蒼然としているような印象も受けます。最近のSMAP分裂騒動などを見ていると、芸能マスコミも含めて前近代的というか、とても陰湿で封建的、閉鎖的ですね。

なかにし　芸能界って昔は、非常に低く見られてきたわけです。代理店なんていうのは、さらにその下に位置づけられていた。

ところがそれが逆転して、代理店が上に行ってしまった。芸能界だって、ジャニーズ事務所のグループ総売上は1000億円なんて言われている。もう大事業ですよ。かつての芸能事務所ってもっとこぢんまりやっていたものだった。それまでの最大の成功例と言えば渡辺プロでしょう。

それがいまは巨大化しすぎたんです。ジャニーズもそう。一つのグループを作り、それを成長させ、その次に第二軍が出てきて、第二軍が前線に出てきた時は、その上は一人ひとり個別に売る。みんなそういうシステム作りになっている。

テレビも問題なんです。公共の電波だから国民のものなんだけど、それを牛耳っている人たちが私物化してこういうことが起きたんだなと思います。

青木　もちろんテレビ局の姿勢こそ諸悪の根源なんですが、いまお話に出た渡辺プロなんていうのは、当時は相当な巨大芸能事務所だったわけですよね。やはり現在のジャニーズとか、バーニングのような感じで、これに逆らったら生きていけないというような雰囲気は昔からあったんですか。

なかにし　あったことはあったけど、またちょっと違う。話し合いの余地はいっぱいあったわけで、事実、独立して活躍し続けた歌手もたくさんいます。それに、渡辺プロは相当な権力を持っていたけれど、渡辺プロのやったことのすばらしさは、やはりソフトを生み出していた。あの頃のヒットチャートのなかで、僕もいっぱい書いているわけだけど、次から次にヒットを出すというのは大変なことなんですよ。しかも長く残る音楽を作り続けた。

いまジャニーズも、それは売れているでしょう。あれだけの人気ですから。だけど、われわれが口ずさめるような歌というのは『世界で一つだけの花』ぐらいであって、あとはそうではない。その点、渡辺プロは常に芸能界の中心だった。森進一を出し、ザ・ピーナッツを出し、弘田三枝子を出し、ドリフターズを出し、クレージーキャッツを出して、ずっと先陣を切っていた。新しい喜びを生み出す能力がすごくありました。これは並大抵ではない。それがいま、ないんですよ。

青木　僕は芸能界に不案内ですが、不思議だなと思っているのは、たとえば大手の事務所を離れたら干されてしまうこと。これはつまり、個々の歌い手の魅力や力量ではなくて、事務所の差配で人気を得ているにすぎないということじゃないですか。

なかにし　そういうことです。

青木　それははっきり言えば、そこそこのレベルにいれば、舞台に出すか出さないかは事務所が決める。事務所が出せば、そこそこ売れる。そんなもの本当の芸能じゃないでしょう。

なかにし　僕もそう思いますよ。だって、歌だって下手なんだしね。僕もジャニーズ系の歌手に歌を書いてきたし、今回のＳＭＡＰの騒動なんていうのは、僕なんかはそばにいて、わかりすぎるほどわかっていて、非常に言いにくいんだけどね（笑）。

簡単にいえば、ある組織があれば必ずそれに反発する人間が出てきて、行動をとろうとする。行動をとるには、どこかと手を組まなければならない。要するに小国が外国の援助を得るのと同じ。そして露見して叩かれる。国際紛争とそっくりですよ（笑）。

日本は個の意識が育たなかった

青木　しかし、個々の歌い手や芸人がいて組織が形作られるんじゃなく、組織があってこそ個々の歌い手や芸人が存在しうるなんていう悪習は、芸能の世界に限らない話ですね。

なかにし　まったく日本独特の現象ですよ。日本というのは個がない。本当に個の育たない国だし、個の美とか、個の善とか、個の主張というものはまず話題にもならない。

だから団体とか、英語で言えばコミュニティなんだけど、日本で言えば一つの家だよね。それを乱すものは悪で、そのことに対して「いいじゃないか」というのは本当に少ない。逆に木村拓哉は偉かった、みたいな話になっちゃう。

青木　少なくとも芸能メディアの世界ではそうなっちゃってますね。

なかにし　それが日本ですよ。ひょっとしたら、安倍政権の下でもっともそれに当てはまる事態が起きてるのかもしれません。

青木　つまり国家や組織という枠組を重視し、その掟を乱す個は許さない。逆に組織の掟を守ろうよと言っている奴がヒーローになる。まさに現代日本を表象しているような事件になりましたね。それに、本当に大切な問題から目をそらすのにもうってつけな大騒ぎでした。

なかにし　そうですね。だけど戦後70年の日本というのは、民主主義のまねごとをやったけど、日本人は民主主義も身につかなかったし、一番大事な個の意識というものがこんなに育たなかった国はちょっと珍しいなと、僕は思います。

青木　それはなぜだとお考えですか。

なかにし　日本人という人間集団がもしアジアという社会、あるいは世界のなかで存在していると考えた時、普通なら現在のような状況では生きていけませんよ。友だちはアメリカだけ。この友だちは昔、原爆を落とした友だちで、いつ何をやるかわからない。侵略癖のついた、喧嘩好きなどうしようもないヤツでしょ。

一方、アジアのなかでは、「日本っていいヤツだよね」とか「仲良くなりたいよね」という思いを感じさせる国の在り方をしていない。たとえばダニエル・バレンボイム（ピアニスト。指揮者。イスラエルとアラブの混成オーケストラ（後述）を率いるなど、クラシック音楽の新しい可能性を担う）という指揮者がいてね。今、来日していて、毎日ブルックナーをやっている。

青木　ええ。シュターツ・カペレ・ベルリン（ベルリン国立歌劇場管弦楽団）を連れて、ブルックナーの交響曲1番から9番までを全曲演奏していますね。

なかにし　そう。僕は昨日も聴きに行って、昨日は7番だったんですけど、あと2回やるんです。で、バレンボイムはイスラエル国籍だけど、ベルリンに居を構えた。なぜそこに居を構えたかというと、ベルリンには住みたいと思わせるだけの品格があるということです。ドイツ人ほど世界で自分たちの過去を悔い改め、そして勉強している国民はいないと彼は思うわけです。

過去の罪を認め、償おうとしている。
一方でドイツ人は、ベートーヴェンやゲーテがいたんだという誇りを持ってもいる。持ってもいるけれど、ゲーテを生んだ悪魔も、ベートーヴェンを生んだ悪魔も、デモーニッシュ（悪魔的）な情熱というものは偉大な芸術を生んだけど、そのデモーニッシュな情熱がヒトラーも生み出したという、そういう自分たちの資質を謙虚に受け止め、戦後どうやって国際社会で自分たちが愛される存在になるべきかということを一生懸命に模索して、それなりにやっている。イスラエルに頭を下げ、大きな石碑を国会の周辺に建てたりしている。

青木　少なくとも日本よりはやっていますね。

なかにし　何もそれが完璧とは言わないけれど、少なくともそういうことである限りは住めるということですよ、ユダヤ人も。一方の日本人はどうかというと、いかにも反省が薄い。ヘイトスピーチはやらせっぱなし。慰安婦問題だって未だに解決できていない。その上に歴史修正主義みたいな動きが公然と巻き起こって、アジアの憎まれっ子になっている。

青木　それでも少し前の日本には、先の戦争に対する贖罪意識が通奏低音として一定程度は流れていた気がします。

なかにし　それが反動を起こすんです。音楽は時代の先触れでもあるから、これは40年前の話になりますが、われわれの世界でいえば、われわれがあまりにも西洋的な音とテーマで歌を変えていたということに対しての反発が起きた。たとえば吉田拓郎です。俺たちは日本人なんだ、という風潮が、拓郎あたりから始まっている。「下駄をならして奴がくる」とか「浴衣のきみは尾花《すすき》の簪《かんざし》」なんていうのを書いて、ワーッと受ける。日本の美学みたいなね。そのあとの谷村新司の『いい日旅立ち』とかもそう。

僕たちは自由、平等、友愛と言ってはなんだけど、とにかく猥褻も何もかも全部ひっくるめて自由平等の意識があった。ちょっと歌が固くなりそうだなと思うと、『時には娼婦のように』のようなものを書いて、壊してという作業をやっていた。でも、シンガーソングライターという言葉が広がる前のフォークの動きというのは完璧な復古調ですよ。

青木　興味深いですね。だって、そのあたりの歌って時代的には全共闘世代か、その直後くらいですよね。そこでなぜ復古調の歌が流行ったのか。ただ、「革命」を叫んでいた全共闘世代が高倉健の任俠映画を観て感激していたというんだから、吉田拓郎や『神田川』なんかにシンパシーを抱くのも不思議ではないのかもしれません（笑）。

なかにし　拓郎は僕に『時には娼婦のように』を作らせた男だし、決して仲が悪くはないんです。だけど、音楽的な表現の方法が違う。拓郎たちはギターとハーモニカでしょ。大きなサウンドを出せないわけだから。田中康夫がうまいこと言っています。彼らの歌を「四畳半ソングだ」って。狭いところで車座になって歌って、みんなで喜んでるだけだと彼は言って、なかば軽蔑するんだけど、それは当たっていると思いますよね。

自民党に反旗を翻す人は芸能界にはいない

青木　しかし、最近は先の戦争を実体験として知っている世代の減少が復古調の動きをさらに後押ししている感があります。なかにしさんも戦争体験が思考の基底にあるわけでしょう。

なかにし　戦争を知っているし、僕たちは国によって捨てられましたから。外務大臣の通知が来て、君たちは旧満州で生きるも死ぬも勝手にしろと言われた。棄民されたわけです。

引き揚げ事業だって国は率先してやらなかった。居留民たちが自らの交渉と財力でアメリカ、中国、国民政府なんかと話し合いをして引き揚げてきた。だから厚生省の引揚援護局というのはあったけれど、引揚事業局というのはない。

そういうことを知っているから、国家というものが戦争に進もうとしたり、そういう動きが始まった時、いったい何をしでかすかということを僕たちは身をもって知っているんです。その怖さというか、きわめて悪魔的な存在になるということを知っている。

青木　そして戦後70年にあたる昨年（2015年）、安保法制が強行採決される一方、SEALDsなどの学生も加わった国会前デモというムーブメントが久々に起こりました。どんなふうにご覧になりましたか。

なかにし　僕はその前年の7月、安倍政権が憲法解釈を変える閣議決定をした段階で、何か重大なことが始まったと受け止めました。だから真っ先に声をあげたんです。ところが、その後に続いていろいろなことを言ってくれる人は意外と少なくて、みんな二の足、三の足を踏んでいた。遅いんですよ。あの時にもっともっと抵抗していれば、まだ間に合ったんじゃないかなと思うんだけど、静かに半年から1年も流れてしまった。

その間、向こうは好きなことをやっている。それでもうダメだということになってからSEALDsなんかが出てきた。僕から見ればマスコミも静かだったし、知識人もどこにいっちゃったのという感じで、僕のような軟派な人間が硬派になったと言われるような、そういう時代が来たわけです。

青木　おっしゃるとおりだと思います。その上、日本の芸能界に関して言うと、政治的発言というのが完全にタブー化していますね。

なかにし　これは昔からの話で、自民党との関係がある。自民党と渡辺プロの関係は濃厚だったし、ほかの事務所も大半がそうで、日本の芸能界は基本的にみんな自民党なんです。だから自民党のやることに対して反旗を翻すような人は芸能界にはほとんどいませんよ。

青木　しかし、かぶき者や異端者が芸一本で身を立てるっていう芸能の本来の在り方からいえば、おかしな話ですよね。ロックンロールだってそもそもは反権力。ヒップホップだってアウトロー。なのに日本の芸能界というのはちょっと歪というか、独特な面があるということですか。

なかにし　うん。そういう面もあるし、たとえば九代目團十郎は天覧歌舞伎をやって、その瞬間からお上のやることには逆らわずに支持するという態度になり、日清戦争を応援する歌舞伎を作ったりというようなことになった。以後の芸能人も、われわれは弱い者だから権力に逆らいませんという構えになってしまった。

片方で、アチャラカやってたエノケンとか、あのへんの人たちはまだ元気よくガンガンやっていて、それで取り締まりを受けたり、菊谷栄（戦前の喜劇作家）なんかは30歳過ぎで応召して、それで結局死んじゃうわけでしょ。だから国家と戦争って怖いよね。召集して、戦地へやって、殺しちゃうんだから。そういうことができるわけ、国はね。

青木　少し前だと、サザンオールスターズの桑田佳祐が『紅白』で安倍首相を揶揄して大問題になりましたね。

なかにし　あのくらいのことが大問題になることが変な話だよね。それで結局謝ったんだから。

青木　もう一つ言うと、芸能界というのは、昔は任俠の世界とも密接不可分な関係だったわけでしょう。政治、芸能、任俠の世界というのがある種、渾然一体となって絡み合っていた時代も長かったわけですね。

なかにし　しかし、任俠の世界も結局、60年安保の時なんかは権力側に駆り出されてしまった。だから任俠と警察は親戚みたいなもので、あまり信じないなあ。だいたい街宣車をあれだけ走らせていても、アメリカの批判を言う街宣車はいないでしょう。君たちの愛国は何のためなんだって僕なんかは思っちゃうけどね。

美空ひばりを超える人はいない

青木　ところで、陳腐な質問かもしれませんが、戦後の歌い手の中で、なかにしさんが一番評価しているのは誰ですか。

なかにし　やはり美空ひばりだろうね。思想的な意味とか、そんなことではなくて、芸能ということで言うならば、まあ、あんな優れた人はちょっといなかった。

青木　何がすごかったんですか。

なかにし　まず歌がうまい。声がいい。生き様でいえば非常に日本的な美意識のなかで生きていたんだけど、そういうものを超越した芸に対する熱心さ、集中力みたいなものがありました。

僕は何十人、何百人という芸能人に詩を書いたりしているけど、ひばりはすごかった。なんて言うんだろうな、常に完璧だしね。あんな芸能人は日本ではちょっといない。ほかにもすごい芸能人はいたけれど、ひばりのレベルには届かなかったと思います。

青木　群を抜いていたと。

なかにし　そう。たとえば一つの作品が目の前にあった時、それを日本語として音に乗せて歌う、歌の魂のようなものをガチッとつかみ取って歌う、その能力。

たとえば「この一言が大事なんだからね」とか横から言わなくても、パッと見て、じゃあやりましょうと言ってポッとやったら、もうできてる。どこでそんなものを学んだのかわからない。別にインテリじゃない。だけど、その能力はすごいんです。その点で彼女を超えるような人にあったことがない。

敢えて言えば、エディット・ピアフ（フランスの国民的シャンソン歌手）がそういう存在ですけどね。ピアフはもうほんとに100年、200年、語り継がれると思う。不幸にして美空ひばりは日本国内だけだけど、しばらくは語り継がれるんじゃないかな。

青木　では、戦後の歌謡界を形作った装置という点ではレコードとテレビだったと思いますが、なかにしさんが最も評価する戦後のテレビ番組っていうのは、いま思い浮かびますか。

なかにし　それはもう『シャボン玉ホリデー』です。僕はほんのちょっとしか関わっていないけれど、青島幸男とザ・ピーナッツとクレージーキャッツと渡辺プロの番組ですね。あれは台本といい、演技といい、そこで歌われる音楽の質といい、アレンジといい、日本人としてはあれ以上できないんじゃないかなと思うぐらい、面白くて、おかしくて、悲しくて、楽しくて……。たった30分の番組だけど、やっぱり青島幸男の才能ってすごかったですよ。

青木　テレビ放送が元気だったころに関わった人たちでいうと、青島さんはすでに世を去り（2006年）、昨年（2015年）は野坂昭如さんもお亡くなりになりました。永六輔さん（2016年死去）であったり、大橋巨泉さんはご健在ですが（2016年7月に死去）、あの時代、さまざまな才能がテレビに吸い寄せられて光を放ったわけです。そういう人びとが次々と鬼籍に入っていくというのは一つの時代の終わりなのかなという気もします。

なかにし　永さんもいたし、マエタケ（前田武彦）もいた。彼らは青島さんより古い時代から中村八大なんかとNHKの番組なんかもやっていた。そういうものもあったんだけど。青島さんが優れているというのは、永さんもそれに近いんだけど、リベラルなんですよ。すごい左のリベラルだったりした。永さん、それから小沢昭一さん、野坂さんもそう。すごいと思うし、勇気もあったよね。

しかも青島さんは天皇制批判者なんです。代議士になって、フジテレビで青島さんが日本は不自由だ、不自由だって言うわけね。それじゃ青島さん、何から自由になりたいんですかと聞かれたら、僕は天皇制から自由になりたいとか言った。それで一発でフジテレビには出入りできなくなったんだけど（笑）、それを言うだけすごいよね。で、戦争責任をめぐる天皇陛下の無責任さというものを逆転させて「無責任一代男」を彼は作ったわけ。

青木　あの歌はそこから発想したんですか？

なかにし　要するに天皇陛下が責任を取らないから、無責任であることが悪徳にもならないで、日本全体に蔓延しているんだと。それで「無責任男」というのをバーンと作って、大ヒットした。青島さんというのはすごい天才だと、僕はもうほんとに思ったな。

青木　でも世の中はそうは受け取らなかったでしょう。おそらくはあの時代、つまりは高度経済成長の時代、適当にやっていたって生きていけるんだっていう皮肉まじりのサラリーマン賛歌と受け止められたんじゃないですか。

なかにし　うん。サラリーマンは気楽な稼業ということになるわけだけど、彼がやってた『おとなの漫画』の台本なんかは全部そういう精神で作っていたから面白かった。無責任でやっていてもスイスイ行けちゃうんだと思っている庶民というのはおめでたいんであって、青島さんはもっと深刻な思いで、それを露骨に出さないで歌にした。これは大変な才能ですよね。

植木等のお父さんも人権運動家で左翼だったからね。お父さんも、いい歌だ、こういう歌なら歌えっていって歌っていた。植木さんもそういう意味では骨のある人でした。

今はもはや戦前の状態

青木　しかし、いま、芸能界とか歌謡界とかに、左翼とかリベラルなんていう雰囲気は皆無に近いでしょう。

なかにし　いないですよ。僕が一番左ぐらいになってしまった。

青木　なかにしさんがおっしゃったバレンボイムもそうですが、僕はレナード・バーンスタイン（アメリカの指揮者、作曲家）に一時惹かれました。徹底的にリベラルで、平和主義者で、政治的発言をためらわず、同性愛者であることも隠さなかった。「芸術家っていうのはホミンテルン（同性愛＋共産主義）なんだぜ」と言い放ったとも伝えられています。

なかにし　だいたいがボーダーレスでしょ。グローバリズムじゃなくてユニバーサリズムなわけだから、同性愛もへったくれもないわけよ、境界線がないんだから。

だからバレンボイムも今、イスラエルでは裏切り者扱いされているけれど、イスラエルが中東で今後存続していく最大の安全保障は何かというと、イスラエルという国が中東の中でその存在を認められることだ、受け入れられることだと彼は言う。だからこれ以上、パレスチナ人に対する非人道的行為はもうやめてくれと国に言うわけ。

一方、国の方は、われわれはイスラエル人だ、だからパレスチナ人は敵なんだ、アラブ人は敵なんだというところに常に行くわけじゃないですか、右翼系は。それじゃダメなんだとバレンボイムは訴える。われわれはイスラエルという国をまがりなりにも48年に作った。しかし、パレスチナの人たちは国ができていない。少なくともパレスチナの人たちに国を作らせてあげようじゃないかという考えなんですよ、バレンボイムは。

だからパレスチナ人とユダヤ人を集めてウェスト＝イースタン・ディヴァンというオーケストラをパレスチナ系作家のエドワード・サイードとともに作ったりとか、一生懸命に協調性や寛容を根づかせようとしている。その行為をイスラエルは裏切りだと言うんだけど、実践しているバレンボイムはやっぱり偉いよ。

青木　もっと言えば、バレンボイムのような芸術家を生み出したイスラエルの方が、まだ日本よりもましだという見方もできますね。

なかにし　そういうことです。日本は何かみんな国家に搦め捕られてしまうというのかなあ、つまらないと言えばつまらないね。議論しないし、自分の意見を言わないし。安倍政権のやっているようなことが進んでいったら、戦前と本当に似たような雰囲気になってしまうと思う。いや、もはや戦前の状態ですよ。

僕たちは軍用列車に乗って逃げてきたんだけど、自分のそばで爆弾が炸裂して爆風で飛ばされるんですよ。機銃掃射の弾丸も飛んでくる。目の前で人が死んでいく。弾が当たる、当たらないはまったく偶然。逃げ足が速くたって撃たれるし、遅くても助かることがある。もうまったくわからない。その恐怖。だから戦争を知らない人には政治家になってもらいたくないと思う。日本だけでしょ、戦争を知らない人たちが寄ってたかって国会で戦争を論じてるのは。

青木　ただ、それはいいことでもありますね。戦争に手を染めなかった70年の証左でもある。

なかにし　もちろん。でも、だからこそ戦争を弄んじゃいけない。もっと謙虚に、戦争経験者の声を聞くべきだと思います。

（2016年2月17日）

なかにし礼（なかにし・れい）
1938年、中国黒竜江省（旧満州）牡丹江市生まれ。立教大学文学部仏文科卒業。在学中よりシャンソンの訳詩を手がけ、その後、作詩家として活躍。日本レコード大賞、日本作詩大賞ほか多くの音楽賞を受賞する。2000年『長崎ぶらぶら節』(文藝春秋、のち新潮文庫)で直木賞受賞。2012年3月に食道がんであること発表、陽子線治療を選択してがんを克服。2015年3月がんの再発を明かし闘病生活に入るが9月に再発がんが消えたことを発表、仕事に復帰した。著書に『兄弟』(新潮文庫)、『赤い月』(文春文庫)、『黄昏に歌え』(幻冬舎文庫)、『戦場のニーナ』(講談社文庫)、『世界は俺が回してる』(角川書店)、『闘う力—再発がんに克つ』(講談社)、『三拍子の魔力』『天皇と日本国憲法—反戦と抵抗のための文化論』『平和の申し子たちへ—泣きながら抵抗を始めよう』『生きるということ』『夜の歌』(すべて毎日新聞出版)など多数。

第2章

前川喜平

集団主義の教育から強権支配へ

官僚に過大な期待を抱いたことなどない。それはごく当たり前であって、メディア界で禄を食む私にしてみれば、取材時の重要な情報源になることはあっても、官僚は基本的に強大な公権力を行使する側であり、本来は常に疑心の目で監視すべき対象にほかならない。

ただ、前川喜平という人物を知ったとき、この国の官僚組織も決して捨てたものではない、と率直に思った。このような人物が官僚組織に生息し、しかも頂点である事務次官にまで上り詰めていたのだから。

おそらくは有能だったのだろう。時に政治の無茶な意向に服しつつ、時にはいなし、おかしなことにはおかしいと抵抗する。それでも仕事ができたから、そして政治の側もそんな官僚を一定程度は認める度量があったから、文科省では前川のような官僚がトップに就くこともできた。

言うまでもなく大きな転機は加計学園問題である。政権の主が「腹心の友」に利益誘導を図った疑惑が浮上した際、文科省からはその不当性を示す文書が流出し、しかし政権は「怪文書」扱いして逃げ切りを図った。すでに前川は次官を辞していたが、「あるものをなかったことにはできない」と実名告発に踏み切った。

その前川に政権側が仕掛けた醜悪で陰湿な攻撃はあらためて記すまでもないが、前川という元官僚の存在は、この国の官僚組織に良識が辛うじて残っていることを示す灯のように感じた。

だが、これを皮肉なことと記せば前川には失礼だが、「一強」政権は官僚への締めつけを一層強め、霞ヶ関にはさらなる忖度病が蔓延しているらしい。前川に尋ねたかったのは、そうした官僚世界の現状であり、本来あるべき政治と官僚の距離であり、今後への展望であった。

青木　前川さんにはさまざまなインタビューで何度かお話をうかがってきましたが、今回は「戦後70年」を冠した『熱風』での対談をあらためてお願いしたいと思います。まずは文部科学官僚として事務次官まで務められた経験を踏まえ、戦後70年と日本の教育について、そして、日本の官僚システムの現状についてといったあたりもうかがいたいのですが。

前川　はい。私に話せる範囲であれば、何でもお聞きください。

青木　では、最初に官僚社会の現状なのですが、「一強」政権下で官邸に人事まで牛耳られ、その意向に怯えて忖度などがはびこっているらしき官僚の世界は、やはりかなり息苦しさを増しているとお考えですか。

前川　私自身は官僚の世界を離れ、もう2年半ほど経ちました。それでもときどきは文部科学省の若手、まだ課長にもならないあたりの若手と会っていろいろ話したりするんですが、やはり息苦しくなっている感じはしますよね。文部科学省だけをみても、昨年（2018年）10月の幹部人事などは本当にひどい中身でしたから。

青木　文科省では昨年10月に幹部人事が行われ、文科官僚トップの事務次官などが交代しましたが、具体的にどのあたりがひどかったんですか。

前川　いったいどうしてこの人がこのポストに就くの？　というような、そういう人事ばかりでした。まずは事務次官からしてそう。新しい次官になったのは、誰が見ても官邸ベッタリの人物ですよ。

青木　戸谷一夫次官の後任として事務次官に就いたのは藤原誠氏ですね。

すべては官邸の影響下に

前川　そうです。ご記憶かと思いますが、いまからおよそ2年前、加計学園の獣医学部新設問題をめぐって「総理のご意向」などと記された文部科学省の文書が明るみに出ましたね。政権はそれを怪文書扱いして逃げ切ろうとしましたが、事実としてあるものをないものにはできませんから、私は記者会見に臨んで文書が事実であると語りました。

その会見の3日前、官邸の和泉洋人補佐官（国土交通省出身。菅義偉官房長官らの信頼が厚い〝官邸官僚〟の代表格として知られる）から私に「会って話を聞きたい」というアプローチがありました。おそらくは私の口を封じたかったんでしょう。その際に仲介役となり、「和泉さんから話を聞きたいと言われたら、対応される意向はありますか」というメールを私に送ってきたのが藤原君ですよ。

青木　藤原氏は当時、文科省の初等中等教育局長で、その後は官房長に就いていましたね。

前川　ええ。藤原君は本来、もう定年で官房長を最後に退官するはずだったのに、官房長から〝2階級特進〟で次官になりました。一方、当時は文部科学審議官というナンバー2のポジションにいて、誰もが次の次官になると思っていた人物がいたんです。これはもうOB、OGも、現役の人たちも、次はこの人が次官になるだろうとみんなが思っていた。

ところがその人物は退官し、藤原君が次官になった。これは間違いなく官邸の意向による人事だと誰もが感じたでしょう。しかも次官就任時のあいさつで彼は「面従腹背はやめよう」「議論のプロセスを外に漏らすな」と言ったんですから（苦笑）。

青木　どう考えても前川さんへの当てこすりであり、官邸への服従指令であり、現役の官僚に対する恫喝でもありますね。

前川　おかしいのは次官人事だけじゃありません。ナンバー2の後任人事も非常におかしなものでした。

青木　本来なら次官になるはずだった文部科学審議官の後任人事ですか。

前川　ええ。新たな文部科学審議官になった人は、文部科学省で局長級のポストをやった経験が一度もありません。それまでずっと内閣官房にいて、オリンピックやパラリンピックの担当などをしていました。そんな人がいきなり文部科学審議官になるのも異常です。どこかの局長になって戻ってくるならまだしも、彼よりも先輩がまだ局長級で残っているのに、いきなり文部科学審議官になるのはちょっとありえない人事でした。

青木　有能だから抜擢されたわけでもないと。

前川　順送りや年次を超えて優秀な人物を抜擢するならいいことだと思いますが、これはそういう類の人事ではなく、要するに官邸のお眼鏡に適かなう人物を据えただけでしょう。

青木　内閣官房に長く勤務していたということは、新たな文部科学審議官も〝官邸官僚〟だということですか。

前川　いえ、オリンピックやパラリンピックの担当でしたから、〝官邸官僚〟というほど安倍さんや菅さんに近いところにいたわけではありません。ただ、〝官邸官僚〟に近いところにいましたから、〝官邸官僚〟から評価はされていたんだと思います。だからいきなり文部科学審議官に据えたんでしょう。

とにかく昨年10月の幹部人事は本当にひどい人事で、どうしてこんな人がこのポストに？ということだらけでした。でも、すべては官邸の影響の下にあると考えれば辻褄が合う。これは何も文部科学省だけじゃなく、ほかの役所でも起きていることでしょう。

本来の政治主導とは

青木　文部科学省でもこれほど露骨な官邸人事が行われているということは、「一強」官邸による霞が関支配は相当なレベルになっているということでしょうね。ところで、前川さんが大学を卒業して旧文部省に入ったのは何年ですか。

前川　１９７９年、昭和54年です。

青木　ということは、40年ほどを文科省の官僚として過ごし、官僚の世界の変遷を内部で見つめてきたことになりますね。どうなんでしょうか。以前は「政治は二流でも、一流の官僚が日本を支えている」などと評されることもあったわけですが、その官僚の地位や質がどんどんと下がってきたということですか。

前川　官僚の地位が少しずつ低下してきたのは間違いないでしょう。でも私は、政治主導を否定などしません。民主主義社会において政治主導はむしろ当然のことであって、官僚主導のような形は本来あるべきではないと考えてきましたから、政治主導というもの自体は間違っていないし、世の中が進歩している方向だと捉えるべきだと考えます。

ただ、現在の状況は政治主導などではなく、官邸一強支配のようなものですからね。そもそも政治の世界そのものが歪になってしまい、自民党も以前のような多様性を失い、まるで〝安倍党〟のようになっている。各省の大臣に存在感がなく、首相や官邸のコマのようになってしまっている。

しかし、内閣制度というのは本来、大統領制度とは違うのです。内閣というのはそもそも合議体ですから、まずは各省の大臣がそれぞれの責任を持って仕事をする。外交であれば外務大臣が責任を持ち、財政であれば財務大臣、教育行政であれば文部科学大臣が決定権を持って仕事をする。もちろん全体の調整をする必要はあり、内閣総理大臣が閣議を主宰するわけですから、閣議という合議の場で全体を調整していくことはあるでしょうが、内閣というのはもともと内部に分権的なファクターを備えているわけです。

ところが現在は内閣総理大臣と各省の大臣との間も完全な上下関係になってしまい、官邸と各省の官僚の間も上下関係のようになってしまっています。総理や官房長官の周辺にいわゆる〝官邸官僚〟がいるわけですが、その官邸組織がものすごく肥大化し、まるで〝司令塔〟のようになっている。これは政治主導などではなく、「一強官邸支配」です。

しかもそれが的確な指令を発するならともかく、とても的確とは思えない指令を次々に発し、各省の官僚が右往左往させられてしまっている。どの役所でも本来の専門性とか、本来持っている使命感のようなものを発揮できなくなっている。

たとえば、ふるさと納税制度の拡大に異を唱えた総務省の自治税務局長が飛ばされてしまったという話がありましたね。ふるさと納税制度は菅官房長官の肝いりの制度だからですが、この制度が地方税の制度を非常に歪めてしまったのは間違いなく、心ある総務官僚にしてみれば、放っておくわけにいかないと考えるのは自然でしょう。だから何とかしたいと考えているのに、異を唱えただけで飛ばされてしまう。

青木　つまり、官僚というのはさまざまな分野の専門性や知見を持つテクノクラートであって、このテクノクラートが各分野の専門的な情報や客観的なデータを政治に提供する。一方の政治は、右に行くにせよ左に行くにせよ、それらに基づいて最終的な政策を決定する。これが本来の政治主導のはずだと。

前川　そうです。

青木　しかし現状はそうじゃなくなってしまっていると。

前川　もはや官邸がすべてを仕切ってしまっています。同時に政界の劣化もすさまじいですからね。かつては、いい意味での族議員がいたと思うんです。それもいなくなってしまいました。

青木　いい意味での族議員、ですか。

威勢のいいタカ派ばかりが増えている

前川　私が役人としておつきあいしてきた文教族の議員というのはタカ派が多かったんですが、かつては非常に穏健でバランスのとれた方もけっこういらっしゃったんです。現在は衆院議長になられている大島理森さんも文部大臣を務められていましたし、もう引退された保利耕輔さん（文部相や自治相などを歴任）も非常にバランスのとれた文教族議員でした。

ところが最近はひたすら威勢のいいことを口にするタカ派ばかりが増えてしまっています。義家弘介さん（自民党衆院議員。「ヤンキー先生」として有名になり、文部科学副大臣などを歴任）とか萩生田光一さん（自民党衆院議員。安倍首相の側近として知られ、先の内閣改造で文部科学相に就任）もそうですが、もっと威勢のいい人たちもいて……。

青木　いわゆる〝イケイケコンビ〟などですか。前川さんが命名したとか（笑）。

前川　ええ、〝イケイケコンビ〟（笑）。

青木　いずれも自民党の文部科学部会の幹部などを務めた赤池誠章議員と池田佳隆議員ですね。このうち赤池議員は、文科省がタイアップしたアニメ映画『ちびまる子ちゃん』の宣伝ポスターに「友達に国境はな～い！」と書いてあるのに嚙みついたそうです。「このポスターを見て、思わず仰け反りそうになった」「国際社会とは国家間の戦いの場」などと難癖をつけ、文科省に「猛省を促した」とか（笑）。バカバカしいにもほどがあります。

このほかにも〝イケイケコンビ〟は、前川さんが名古屋市の中学校で授業をしたら文科省に圧力をかけ、名古屋市教育委員会に授業内容などを照会させたりして大問題になりました。教育に対する政治介入になりかねませんから、問題になるのは当然でした。

前川　ええ、ひどいものです。これに応じてしまった文部科学省も大問題ですが、赤池さんなんていう議員は人間的にも問題がありますよ。ものすごいパワハラ体質で、文部科学省の大臣政務官をやっていたとき、役所がつけた秘書官もひどい目に遭ったんです。豊田真由子さんもひどいものでしたが、それと同じくらいひどくて……。

青木　豊田真由子氏って、秘書などへの猛烈なパワハラを『週刊新潮』に報じられ、大問題になったあの自民党の豊田元議員ですか。

前川　そうです。実は彼女、文部科学大臣政務官を務めていた時期があったんです。そのときの秘書官もひどい目に遭っていて、もう辞めさせてくれと泣きついてくるほどでね。豊田さんのパワハラと同じくらいのパワハラが赤池さんの時にもあったので、裏では彼のことを〝男豊田〟と呼んでいたんです。こんなこと、書けないかもしれませんが（苦笑）。

青木　いや、書いてしまうかもしれませんよ（笑）。

前川　すべて事実ですから構いません。それに私はもうフリーの立場ですから。

規制緩和とは言いながら

青木　せっかくこうして前川さんにお話をうかがう機会ですから、あえて政権の側に立ったというか、官邸側の主張に沿った質問もさせてください。

前川　はい、どうぞ。

青木　現在の政治のありようが本来の政治主導とはほど遠い官邸支配だとしても、前例踏襲に傾きがちな官僚システムや族議員を温存していては思い切った改革ができない面があるのも事実でしょう。現政権がしばしば訴える「岩盤規制を突破する」というスローガンは象徴的ですが、既得権益を打破し、従来とは異なる思い切った政策や改革を実現するためには、官邸主導だろうと何だろうと、トップダウンの強権的な手法も必要ではないか、という主張にはどう答えますか。

前川　そうですね。前例踏襲を突破するためにトップダウン的な政治主導が必要なのは確かでしょう。しかし、現在の官邸支配というか、「一強」官邸主導の現状を見ると、官邸と官邸周辺の人たちに都合のいい方向にしか行っていないのではないでしょうか。全体の利益になる政策なのか疑わしい方向にどんどん寄っているだけ。しかも強い政権が長く続くと、驕りとか腐敗というものも生じてきます。それがますますひどくなっている。

森友学園や加計学園の問題は典型例でしょう。政権の熱烈な支持者や首相の「腹心の友」への利益誘導が行われ、伊藤詩織さんの件（政権に近い元TBS記者から性的暴力を受けたと伊藤氏が訴えた問題）の警察捜査をうやむやにしてしまったのも、それから国家戦略特区制度などにしたって、結局は官邸周辺にいる人物、たとえば竹中平蔵さん（経済学者、政治家。最近の自民党政権下で金融担当相、総務相、政府の各種諮問機関のメンバーなどを歴任。現在は東洋大教授、人材派遣会社パソナグループ会長）のような人たちの都合のいいように運用されているだけではないですか。あれが本当に成長戦略に資するものになっているとは思えず、規制緩和をすると言いながらそれで儲ける人ばかりが儲け、人びとの間にはむしろ格差や貧困が広がっているだけでしょう。

青木　確かにそうだなと思います。そこで非常に気になるのが、驕りの目立つ「一強」官邸支配の下、官僚システムが根腐れを起こしつつあるのではないかという点です。

現政権下で発生したり発覚したりしたさまざまな問題を見ていると、たとえば「働き方改革」などと名づけられた関連法案の審議過程では、厚生労働省が国会などに提出したデータが極めて杜撰だったことが問題化しました。最近では、イージス・アショア（地上配備型の迎撃ミサイルシステム）の配備先をめぐり、防衛省がネット上の無料サービスで候補地の〝測量〟を済ませてしまった挙げ句、そのデータの読み方が間違っていたというみっともない問題を引き起こしました。

実態が本当にそうだったかどうかはともかく、日本の官僚システムというのは従来、きちんとすべきところは杓子定規なくらいきちんとするものだという印象を持っている人が多いと思うのです。ところが最近は明らかにおかしい。「一強」政権の下で人事まで官邸に牛耳られた官僚たちは、ひたすら官邸の顔色をうかがって右往左往し、忖度などと評される悪弊がはびこっています。

政権の熱烈支持者に国有地を格安で払い下げようとした挙げ句、政権に都合の悪い事実が記された公文書を改竄してしまった財務省はその筆頭格ですが、官邸の方針に沿ったデータや情報ばかりかき集め、それを出さなきゃいけないという歪んだ雰囲気まで蔓延しているのではないですか。

前川　そう思います。結論は決まっているのだから、それに合うデータを作らなくちゃいけないと、そういうことなんでしょう。要するに下から積みあげていった政策ではなく、しかもう決まっていることだから、それに合うような説明をしなくちゃいけない。防衛省のケースなどはちょっとお粗末すぎるでっち上げだとは思いますが。

本来なら役人の側は、これはとても説明できないので無理です、と言うべきなんですね。でも、もうそれが言えない状態になってしまっている。だから結論ありきの政策を正当化するように説明せねばならず、都合のいいデータや数字だけでもかき集めて作るしかない。それでもそこにウソが混じっていては困るんですが、もはやルビコン川を渡ってしまったというか、役人として持っていなければならない最低限の廉直さというか、正直さというか、そういうものすらが崩壊してしまっているという気がします。

青木　前川さんに以前うかがった話で印象的だったのが、小泉政権時代との違いでした。小泉政権も相当に新自由主義的で、トップダウンの傾向も強かったけれど、役所の官僚たちはかなり好きなことを提案したり、少なくとも議論は活発にすることができたとおっしゃっていましたね。

前川　できましたよね。

反旗を翻す官僚は徹底的に排除

前川　私が小泉政権で経験したのは「三位一体の改革」（補助金削減、国から地方への税源移譲、地方交付税見直しを同時に進めるという、小泉政権による税財政改革）で、文部科学省と総務省、財務省が三つ巴で議論していました。現在のような〝官邸官僚〟はそれほどいませんでしたし、官邸がここまで肥大化していませんでしたから、各省がそれぞれ独立して力を持ち、その全体を官邸が調整するという意味では官邸主導ではありましたが、最初から全部官邸が決めて下ろしてくるような状況ではありませんでした。
青木　それが安倍政権になって変わったと。
前川　完全に変わりました。なんでもかんでも官邸で決めてしまうなどというのは、以前とは全然違います。
青木　それにしても、私は安倍晋三という政治家の生い立ちなどを取材して一冊のルポを書き（『安倍三代』朝日文庫）、彼にそれほどの人心掌握力や統治能力があるとは思えないのですが、人事を含めた官僚のコントロールを担っているのはやはり菅官房長官ですか。
前川　それはもう間違いなく菅さんです。各省の幹部は安倍さんではなく、菅さんを見ながら仕事をしているというべきでしょう。安倍さんは乗っかっているだけという印象です。
青木　世襲の二世、三世ばかりが目立つようになった日本政界ですが、菅官房長官は数少ない地方議員からの叩きあげ政治家ですね。とはいえ、政治記者ではない僕はほとんど彼の実像を知らないのですが、官僚にとってはやはり怖い政治家なんですか。
前川　怖いですよね。大変に怖い存在です。私などは直接被害を受けましたから。それはもうひどい人格攻撃をされて。
青木　確かにそうですね。まずは読売新聞が大々的に書いた新宿の「出会い系バー」問題でした。
前川　明らかに官邸が情報をリークし、あたかも買春しているかのように喧伝されました。それからもう一つは、私が（事務次官を）辞任した際の経緯です。菅さんは公の会見で「地位に恋々とした」などと、実際は「れんめん」とおっしゃってましたが、あたかも私が地位に恋々としていたかのような、事実とまったく反することを平然とおっしゃった。本気で名誉毀損訴訟を起こそうかと考えたくらいですが、つまり敵は徹底的に排除するというか、情け容赦がまったくない。自らに反旗を翻す官僚は徹底して叩きのめし、飛ばしてしまう。

青木　前川さんには少し酷な言い方になってしまうかもしれませんが、加計学園問題をめぐる前川さんの反乱というか、真実の告発というのが菅官房長官にとっては許しがたいものだったのではありませんか。ああいうことがあったからこそ、もっと強烈に官僚をグリップしなければいけないと考える契機になってしまった面もあるのではないかとも思うのですか。

前川　ああ、ひょっとするとあるかもしれませんね。なぜあんなヤツが（文部科学省の）次官だったのかというのは、菅さんにしてみれば痛恨の極みだったのかもしれません。

私は安倍政権下で次官になっていますし、その前職の文部科学審議官になったのも、さらにその前職の初等中等教育局長になったのも、すべて安倍政権下の人事です。その間になぜもっとチェックできなかったのか、と思ったのかもしれません。なぜあんなヤツをチェックできず、次官にまでしてしまったのか、と。

権力を振るうことにためらいのない政権

青木　そうした「一強」官邸支配の下、「ルビコン川を渡ってしまった」とまで前川さんが評した官僚の劣化ですが、もはや取り返しがつかないほどに傷ついてしまったとお考えですか。

前川　まだ取り戻せる、とは思います。最初に申しあげたように、私は最近も文部科学省の若手と話をしていて、彼ら、彼女らには希望を持てると感じています。ただ、現在の次官や局長級の役人たちは安倍政権の下ですっかりと飼いならされてしまい、政権の言うことを聞く人間しか偉くなれなくなっています。少しでも異論を唱えるような人は外され、飛ばされてしまうわけですから。

青木　文科省では、昨年10月の幹部人事がその象徴だったと。

前川　ええ。でも、そもそも文部科学省の役人は、権力を持つ者に取り入ってポストを得ようなんていう人間は少なかったんですよ。

青木　そうでしょうね。東大の法学部あたりを出て官僚を目指す者たちのうち、強烈な権力欲を持った者なら文科省を選ばないでしょう（笑）。

前川　そうなんです。文科省ってもともと権力欲のない者が来る役所で、基本的には実直で真面目な人間が多いんです。でも、中にはそうじゃない者もいる。現在は文科省でもそういう者が幹部に上がれるようになってしまっているわけです。

青木　そういう意味では、やはり相当に危機的ですね。

前川　危機的です。とにかく安倍政権の体質というものが……私は「安倍・菅政権」と評した方が正確だと考えていますが、安倍・菅政権の体質に極めて危険なものが内包されていると思います。

青木　具体的にどういうことですか。

前川　まず、権力を振るうことになんのためらいもない。これまで戦後長く続いた保守政権というのは、権力の行使に対する一定の謙抑性というか、自己抑制的な面をきちんと持っていたと思います。大平正芳さんがおっしゃった「楕円の哲学」などはその典型でしょう。

青木　大平氏の「楕円の哲学」は、「およそ物事には楕円形のように二つの中心があって、その二つの中心が均衡と緊張を保った方がいい」というものだったそうですね。

前川　ええ。そうした考え方に代表されるように、従来の保守政権というのは、いくら権力を持っていてもそれを100％使ってはいけないという、そういう控えめなところが間違いなくありました。

また、議会では野党の立場にもそれなりに配慮してきましたよね。野党といっても一定の国民の支持を受けているわけですから、これまでの保守政権のなかには、その意見を尊重するという態度があったと思うんです。

ところが安倍・菅政権にはそれがまったくない。野党なんてまるでクズ扱いをして屁とも思わない。「悪夢」だとかなんとか、とにかくむちゃくちゃな言葉でこき下ろす。従来の保守政権はそういうことをしてきませんでした。

人事面もそうですよ。内閣総理大臣の権限を見れば、確かにさまざまな権限を持っているわけですが、それを自分たちのためにフル活用してしまうのは危険だという、そういう謙抑性も過去の保守政権はかろうじて持っていましたが、安倍・菅政権にはそれもありません。内閣法制局の長官人事などが典型例でしょう。

青木　おっしゃる通りです。戦後一貫して守ってきた憲法解釈を一内閣の閣議決定でひっくり返したうえ、集団的自衛権の行使容認を認めさせるために自らの意に沿う人物を内閣法制局の長官に据えました。政権が法制局長官人事に直接介入したのは史上初のことです。

そのほか日本銀行総裁の人事も、NHKの会長に政権の「お友だち」を送り込んだのもそうですが、歴代政権もさすがにそこまではやらなかった人事権を平然と振るってきたのも現政権の特質です。

前川　国の権力というのはやはり一定の分散体制を維持し、チェック・アンド・バランスが必要だという節度が従来の保守政権にはあったと思うんです。それが安倍・菅政権には根本的に欠落している。

だから遠慮会釈なく強権や人事権を振りかざし、あらゆる部門が官邸の「一強」支配体制にどんどん組み入れられていってしまう。各省庁だけでなく警察や検察もとっくの昔に官邸権力の下にあると思いますが、裁判所もそうなりつつあるようですし、もはやメディアだって半分くらいは官邸の支配下にあるという気がしますよ。教育だってそうです。

青木　政権の顔色をうかがうメディアが過半に及んできたというのはまったく同感ですし、メディアに関わる者としては非常に恥ずかしいのですが、いまお話に出た教育についてもうかがいたいと思います。戦後70年と日本の教育ですが、文科官僚だった前川さんがご覧になるところ、最近はどのように変質してきたとお考えですか。

2007年の教科書問題

前川　文部科学省の教育政策という点では、やはり2000年代の半ばぐらいから変質してきましたね。大きなターニングポイントはやはり2006年の教育基本法改正でしょう。そのあたりから目に見える形で変わってきてしまったと思います。

青木　改正前の教育基本法は戦後間もない1947年に施行され、現行憲法の理念を体現した戦後民主教育の柱と位置づけられていました。一方で現政権のコアな支持層のような右派勢力は、なんとか全面改正に持ち込みたいと狙いを定め、それが2006年にとうとう実現してしまったわけですね。事実、改正された教育基本法には「国と郷土を愛する」といった文言なども盛り込まれました。

前川　教育行政の右傾化という意味では、1993年の河野談話（宮澤内閣の河野洋平官房長官が出した談話。いわゆる慰安婦問題について、慰安所が「旧日本軍が直接間接に関与した」ことなどを認めた上で「お詫びと反省」を表明した）や1995年の村山談話（当時の村山富市首相が、日本が第二次世界大戦中アジア諸国で侵略や植民地支配を行ったと認め謝罪した談話）、そしてこれに反発する自民党のタカ派議員たちが1997年に議員連盟を結成したのも大きな契機でした。「教科書議連」などと呼ばれましたが、正式な名称は「日本の前途と歴史教育を考える議員の会」。中川昭一さん（財務相、農水相などを歴任。自民党を代表するタカ派議員として知られたが、2009年に急逝）たちが名を連ね、事務局長が安倍晋三さんでした。

もともと文教族ではないのに、この方々が文部科学省にかなり圧力をかけ、従軍慰安婦問題を教科書に書くなと言い出します。そればかりか南京虐殺事件はなかったと言ってみたり、沖縄の集団自決は軍の命令ではなかったと言ってみたり……。

それが形となって表れてしまったのが2007年の教科書問題でした。高校日本史の歴史教科書検定で、先の大戦末期の沖縄戦で起きた集団自決について、それまで認めていた軍の命令とか強制性を突然認めなくなったのです。これはもう政治に忖度した検定と言われても仕方のないことを、当時の文部科学省の役人がやってしまったわけです。

青木　まさに第一次安倍政権期の出来事でしたが、この歴史教科書問題に沖縄では猛反発が広がり、大規模な県民集会などが開かれました。沖縄県知事だった翁長雄志さんにインタビューした際、あの教科書問題が「オール沖縄」と呼ばれる体制の構築につながった面もあるとおっしゃっていたのが印象に残っています。

前川　ええ。あれは絶対にやってはいけない忖度でした。それまで認めていた記述なのに、いきなり認めない理由などなかったんです。なのに政治的に捻じ曲げる検定をしてしまった。まさに〝元祖忖度〟のようなものでした。

青木　当時の文部科学省のなかでいったい何が起きたんですか。どういう力学でそういう忖度が行われてしまったのか。

「田植え」「間引き」の横行

前川　私も当時は別の部署にいたので、どういうメカニズムで起きたのかはよくわからないのですが、文科省のなかにも安倍さん的な、つまりは歴史修正主義的な考えを持っている役人はいたわけです。だから忖度とか迎合というより、安倍さんが政権をとったんだからこれで通るだろうという思いでやったことだったのかもしれません。

しかし本来、教科書検定に事務方の役人や政治が介入するなどということがあってはならないんです。教科書検定というのはあくまでも学術的な成果に基づいて行われるものであって、学問状況を知悉している学者の視点で見なくてはなりません。教科書調査官というのがいて、これはみんな学者さんです。その教科書調査官が一次的な検定案を作成し、それを教科書検定審議会というこれも学者さんの集まりで審議する。そこに役人とか政治家が介入してはいけないのに、介入するというタブーを犯してしまった。

青木　ただでさえ教科書検定制度にはさまざまな批判があるというのに、政治や役人が記述内容に横槍を入れれば、まさに憲法が禁ずる検閲になってしまいます。

前川　そう、検閲です。破ってはいけないルールを破ってしまった。また、同じ２００７年には全国学力テストもスタートしています。これもまた教育の現場、学校の現場をかなり追い詰めていますね。子どもたちも競争に追い立てられてしまっています。

青木　２００７年に再開した学力テストは、全国の小学6年生と中学3年生を対象として毎年4月に実施していますが、そもそも40年以上前に同じようなテストを実施して大失敗しているわけですよね。

前川　そうです。いまから半世紀も前、１９６１年から実施し、わずか3年ほどでやめてしまいました。全国の都道府県の間で熾烈な競争が起きてしまったのが原因です。1回目と2回目は香川県が1位になり、お隣の愛媛県が「負けるな」と言って3回目は愛媛が1位を取った。

この際に愛媛県では〝学力テスト1位獲得祝賀会〟までやったんですよ（苦笑）。しかし、その裏で何が起きていたかといえば、「田植え」とか「間引き」などと呼ばれるような行為の横行でした。

青木　「田植え」に「間引き」って？

臨教審のパラドクス

前川　要するに、テストを受けている子どもたちの間を先生が歩きまわり、「そこは違うよ」「こっちだよ」と言って指を差しながら正解を教えて歩くんですよ。その様子がまるで田植えをしているみたいだから「田植え」。「間引き」というのは、成績のあまり良くない子どもをテストの日に欠席させるんです。そういうことまでして全体の平均点を上げようとした。これらはもはや不正というべきですが、不正とまではいえなくとも、学力テスト対策のための模擬試験を何度も繰り返しやるとか、これは現在も全国の学校で現実に起きていることです。

ですから、学力テストというのは教育の本質を歪めてしまう性格を多分に孕んでいるんです。しかも現在やっているのは国語と算数・数学、あとはときどき英語や理科もやりますが、そういう特定の教科のペーパーテストをやっているだけであって、それで測れる部分の学力しか見えないわけです。

でも、本当の学力というのはもっと広く、大きな視野で捉えるべきものでしょう。ほんの一部分のところで過度の競争が起きると、本来あるべき学力までが歪められてしまう。テストで測れる部分だけが肥大化してしまう。むかしから受験競争の弊害と指摘されたものと同じことを文科省が自らやってしまっている。

青木　教育基本法の改正や教科書検定問題しかり、学力テストの導入しかり、２００６年から07年頃にかけていろいろと起きたわけですね。

前川　ゆとりバッシングが起きたのも同じころです。

青木　いわゆる「ゆとり教育」への批判ですか。

前川　ええ。ゆとり教育というのは非常に誤解されてしまった面がありますが、要するに子どもも一人ひとりの主体性や個性を大事にしようという教育なんです。そして、子どもたちの内発的な学習、つまり自ら進んで学んでいくという学び方を大事にしようという考え方。これは敗戦後間もない時期の考え方と一致しているんですね。さらにさかのぼれば、大正時代の大正自由教育のなかにもそういう理念がありました。

ですから視野を少し広げて日本の近代教育１５０年ほどの歴史を眺めれば、主体性を大事にする教育というのは間欠的に出てきているわけです。最初に出てきたのは大正自由教育だと思いますが、戦後間もない時期にまた息を吹き返し、その後は高度経済成長のための人材育成という方向にシフトしてしまいましたが、やはりそれへの反省が出されてもきたわけです。

青木　これも以前、前川さんに聞いた話が記憶に残っています。中曽根政権下で設置された、いわゆる臨教審（臨時教育審議会）の答申が、そういう動きの背を押してくれたとおっしゃっていましたね。

前川　そうです。１９８４年に臨教審を設置した中曽根首相は、本心では違う方向に持っていきたかったんです。中曽根さんは明らかな国家主義者で、個人よりも国家が大事だという思想の持ち主ですから、教育政策をそちらの方向に持っていきたかった。

ところが実際に出された臨教審の答申は、むしろ中曽根さんの意に反する方向、国家より個人が大事、つまり一人ひとりの子どもたちの個性や主体性を大事にしようという答申になった。これを私は「臨教審のパラドクス」と呼んでいますが、文科省の若手官僚だった私たちにとっては福音であり、あの答申があるのとないのとでは、その後の文科省での私の仕事は相当に変わってしまっただろうと思うほどです。

教育の目的は市民社会を形成する個の育成

前川　実際、以後の教育改革は個人重視、学習者の主体性重視の方向で進みました。少なくとも90年代はそうでしたし、２０００年代に入ってもしばらくの間は、そういう方向を向いていたと思うんですが、ゆとりバッシングや学力テストの導入、そして教育基本法の改正などによって、またも上から管理するような教育に戻っていってしまった感があります。

青木　お話をうかがいながら日本の近代教育を考えると、何度か大きく揺れ動いてきたわけですね。戦前にも大正自由教育のような個性重視の時期があり、その後は暗い軍国主義やファシズム下の教育期になってしまった。敗戦後は当然ながら民主的教育が重視され、高度経済成長期には競争や集団性を重視するようになってしまったけれど、その反省に基づいて個性重視、主体性重視の時期がしばらく続いてきて……。

前川　そうですね。教育というものが「個人」と「国家」の間で揺れ動いてきたと言えるかと思います。でも私は日本国憲法、教育基本法の軸は個人の尊重だと考えていますので、まずはやはり個人でしょう。一人ひとりの自立した個人をきちんと育て、その自立した個人が市民となって市民社会の担い手になっていく。

教育基本法には教育の目的という規定がありますが、これは２００６年の改正後も基本的には変わっていません。教育の目的は二つあって、一つは「人格の完成」(第1条)と書かれていますが、これは要するに「個の確立」と言い換えてもいいと思います。自分の頭で考え、自分の考えで行動できる、一人の自立した個人を育てるということ。

そのうえで二番目の目標としては「平和で民主的な国家および社会の形成者として必要な資質を備えた国民の育成」(同)とうたっています。この「形成者」という言葉から読み取るべきは、国家社会というものがあらかじめ存在するのではなく、市民が作りあげていくものだという点でしょう。すなわち国家社会を作りあげていく自立した市民を育てるということ。この教育の目標は戦後一貫しているんです。２００６年の改正でも変わらなかった部分です。

青木　その教育基本法についてもう少し突っ込んでうかがいたいのですが、戦後日本の右派にとって教育基本法の全面改正は憲法改正に次ぐ悲願であり、２００６年にそれが一応は実現してしまったわけですね。「国と郷土を愛する」などの文言が盛り込まれたのは、安倍政権やそのコアな支持層にとっては大きな成果だったでしょう。

一方で前川さんが指摘されたように、改正されても変わらなかった、変えられなかった部分はあると。結局のところ改正教育基本法をどう捉えるべきか、前川さんのお考えを聞かせていただけますか。

焼け跡に柱だけは残った

前川　あえて比喩でいえば、焼け跡に柱だけは焼け残っている、という感じでしょうか（笑）。

青木　なるほど（笑）。

前川　確かにひどい文言なども入っているんですよ。国を愛する、なんていうのはもちろんそうですし、家庭にまで国家権力が入っていこうとしたり、法律の根拠さえあれば政治がいくらでも教育に介入できるかのように書かれた条文も入っている。ただ、大事な言葉はかろうじて残ってもいるんです。「憲法の精神にのっとり」とか「個人の尊厳を重んじ」とか、ほかにも「学問の自由を尊重し」と明記され、「教育は、不当な支配に服することなく行われるべき」ともうたわれています。

青木　だから、柱だけはなんとか残っていると。

前川　ええ。そもそも教育基本法の改正過程を振り返ってみると、森喜朗政権期の教育改革国民会議というのが2000年12月に打ち出したのが最初なんですね。中曽根政権でできなかったことを森政権はやろうとしたわけですが、短期政権に終わったので実現には至らなかった。

その後の小泉首相というのは、いい意味でも悪い意味でも教育には関心がありませんでした。ただ、中曽根さんや森さんが「しっかりやれ」とハッパをかけ、ちょうどその頃の文科大臣は遠山敦子さんでした。文部官僚の出身者で、私が係長だった時に課長だったこともある方ですけれど、この遠山大臣が教育基本法の改正問題を中教審（中央教育審議会。学識経験者らで構成される文部科学大臣の諮問機関）に投げたんですね。中教審で審議してもらうことにした。中教審には、やはりそれなりに学問的良心がある方々が集まっていますから、そこで議論するなかで大事な柱が残ったと思うんです。

青木　そのあたりは文科官僚も考えて中教審に振った面もあるわけでしょう。

前川　これはもう常套手段ですから。政治に無茶な要求を突きつけられた際、まずはワンクッション置くために審議会を頼り、そこで議論して毒を抜いてもらう。そういうことはしょっちゅうやっているわけです。

ただし、政治が言っていることは一定程度受け止めざるを得ないから、やはり愛国心みたいなものは入れざるを得なかった。はっきり言えば、ああいう人たちは愛国心さえ入っていれば満足なんです（苦笑）。でも、その愛国心も「こころ」とは書いていない。「態度」と書いてあるんです。「国と郷土を愛する態度を養う」と。心まではコントロールできませんから。

青木　それは当然のことです。

前川　もう一つの歯止めになったのは公明党でした。当時は政府案を作成するにあたって自民党と公明党の与党間協議がかなり時間をかけて行われたんです。その協議の座長をやっていたのが保利耕輔さん。バランス感覚のある方ですから、自民党のタカ派の方向に行くのではなく、公明党の主張も取り入れながらやっていくことになりました。公明党の議員にも創価高校の教師だった方がいて、教育基本法が決定的に右の方向に行かないようブレーキ役になってくれたと思うんです。それで「学問の自由を尊重し」「不当な支配に服することなく」という文言も残った。

要するに集団主義に行き着いてしまった

青木　結果として焼け跡に柱だけは残った、というのは確かに絶妙な比喩だと思いますが、日本の教育が個人と国家のどちらを重視するかで揺れ動いてきたとすれば、昨今はどんどんと国家重視の方向に突き進んでいますね。今回もまた揺り戻しが起きるのならともかく、戦前のように右へ右へと振り切れてしまうのではないかという懸念すら抱くのですが。

前川　私も心配しています。繰り返しになりますが、近代日本の教育は二つの潮流がせめぎあってきたわけです。型にはまった臣民のような国民を作っていこうとする潮流と、一人ひとりの個性や主体性を大切にしてそれを伸ばしていこうとする潮流、一人ひとりが独立した人間として自分で考え、自由にものが言えるように育てていく潮流が、戦後教育においてもせめぎあってきました。最近は前者の風潮が強まり、型にはまった国民をつくっていこうとする潮流になってしまっていますね。

青木　政治の急速な右傾化が教育にも明確に反映されている形です。

前川　ええ。型にはまった国民を作る教育がなんなのかを突き詰めて考えると、要するに集団主義なんですね。その集団の中でも最も重視されるのが国家であり、民族といったものだったりする。そして国家の部品としてあるのが郷土だったり学校だったり、それぞれの「イエ＝家」だったりするのですが、とにかく集団の中の一員としてのアイデンティティを持てと、そういう考え方を非常に強く植えつけようとする。「内」と「外」の区別を強く意識させようとする。そうなってくると、最後には「ちびまる子ちゃん」のキャッチコピーに嚙みつき、「友達の間にも国境はあるんだ！」なんていう馬鹿げた極論まで出てきてしまう。

　逆に言うなら、そういう人間は集団の一員としてのアイデンティティしか持てないんですね。個人としてきちんとしたアイデンティティを持てないから、集団に帰属することで自分の存在意義を示そうとしてしまう。

青木　ええ。そんな人間を量産する教育は差別や排他性を増幅させ、逆に国や社会を誤らせます。私たちはさほど遠くない過去、それを実際に経験しているはずなんですがね。

（2019年8月13日）

前川喜平（まえかわ・きへい）
1955年、奈良県生まれ。東京大学法学部卒業後、1979年文部省（現・文部科学省）入省。ケンブリッジ大学院留学。文部大臣秘書官、初等中等教育局財務課長、大臣官房総括審議官、官房長、初等中等教育局長、文部科学審議官を経て、2016年に文部科学事務次官。2017年に退任。同年5月の記者会見で加計学園の獣医学部新設について「行政が歪められた」と発言。現在、夜間中学のスタッフとして活動、講演などを行っている。主な著書に、『同調圧力』（望月衣塑子、マーティン・ファクラーと共著、角川新書）、『前川喜平　教育のなかのマイノリティを語る―高校中退・夜間中学・外国につながる子ども・LGBT・沖縄の歴史教育』（青砥恭、関本保孝、善元幸夫、金井景子、新城俊昭と共著、明石書店）、『前川喜平「官」を語る』（山田厚史と共著、宝島社）、『面従腹背』（毎日新聞出版）、『これからの日本、これからの教育』（寺脇研と共著、ちくま新書）、『生きづらさに立ち向かう』（三浦まり、福島みずほと共著、岩波書店）、『伏魔殿』（望月衣塑子、田原総一朗他、宝島社）。

第3章
古賀誠

平和を貫く保守政治を

近年における日本政治の閉塞感を語る際、しばしば言及されるのが自民党の変質である。かつて「国民政党」と称され、長くつづいたその政権は問題も多かったが、党内にはハトからタカまで幅広い政治家が同居し、いくつかの派閥が時に熾烈な権力闘争を繰り広げ、一種の〝疑似政権交代〟すら行われた、などと回顧される。

ところが最近は派閥の存在感が薄れて党執行部の力が強まり、執行部の〝チルドレン〟ばかり増殖して気骨ある政治家は減り、党のダイナミズムはすっかり失われてしまった、らしい。最大の要因とされるのは、言うまでもなく中選挙区から小選挙区比例代表並立制への選挙制度改革である。たしかにその影響は大きいし、先の戦争を知る世代の減少や世襲政治家の蔓延も大きく作用しているだろう。ただ、政治記者でない私は実態を皮膚感覚として捉えられず、解を求めて『熱風』対談で幾人か訪ねた政治家のひとりが古賀誠だった。

運輸相や自民党幹事長などを歴任した古賀は、すでに政界を引退したものの、いまも自民党に一定の影響力を保持している。また、戦前生まれの古賀は、昨今は希少となった根っからの叩き上げでもある。政治的な立ち位置を単純に色分けするのは難しく、ハト派色が強い宏池会で会長などを務めつつ、日本遺族会会長や靖国神社総代として首相の靖国公式参拝も訴えてきた。

一方で靖国に祀られるA級戦犯の〝分祀〟を主張して波紋を広げたこともある。赤紙一枚で徴兵された父の戦死などが影響しているらしく、いかにも往時の自民党らしいというか、単純に保守とかリベラルと色分けできない幅広き政治家でもあった。

その古賀のもとを訪ねると、予想以上に現在の政治を憂い、嘆き、「一強」政権への辛辣な批判を口にした。

青木　古賀さんは１９８０年の初当選以来、自民党の衆院議員として30年以上にわたって政治活動を積み重ねてきました。最近の自民党は二世、三世の世襲議員ばかり目立ちますが、古賀さんは叩き上げの政治家であり、運輸大臣や自民党幹事長といった要職を歴任し、引退後も政界に影響力を持っていらっしゃいます。そんな古賀さんからご覧になって、現在の日本の政治はいかがですか。

古賀　バランスを失っていますね、すべての点において。

青木　バランスというと、イデオロギー的な右とか左といった意味ですか。

古賀　そういう意味での右とか左に僕はあまりこだわらないんですが、戦後70年以上が経ち、僕がいま一番怖いなと思うのは、政治もそうですけれど、官僚もメディアも、すべてがバランスを失っている点です。

青木　そのあたりを具体的にうかがわせてください。最近、防衛省・自衛隊では自衛隊のイラク派遣日報が隠蔽され、幹部多数が処分される事態に発展しました。財務省では公文書の改竄という前代未聞の犯罪的行為が発覚しています。ほかにも数々の疑惑やスキャンダルばかりが噴出し、政権はまさに火だるま状態です。この原因をどうお考えですか。

古賀　さかのぼってみると、省庁再編がありましたね。

青木　ええ。森政権時代の２００１年でした。

官僚たちの向いている方向が変わった

古賀　当時の大きな目的が何だったかといえば、二つの弊害をなくそうということでした。まずは縦割り行政の解消。それからもう一つは、政治主導に持っていきたいと。政治主導に持っていくためには、一番わかりやすいのは人事です。それが現在、内閣人事局という形になって実現した。しかしこれは、各省庁を所管する大臣と官僚の信頼関係というものを、僕らの時代とは大きく変えてしまったのではないでしょうか。

青木　というと？

古賀　官僚たちの向いている方向が変わってしまっている。所管大臣の意向、指示や指導というものがまったく利いていない。防衛省・自衛隊の日報問題でも、防衛大臣だった稲田朋美さんはどうだったか。隠蔽されたといわれるような日報がありますか、ちゃんと報告してくださいと言うだけで、言いっぱなし、聞きっぱなし。ところがあとから日報が出てきて、稲田さんも「驚いた」「けしからん」などとおっしゃる。そんなことは国民がいう話であって、あなたは大臣じゃなかったんですか、と。つまり、われわれの考えた政治主導とは違う方向になってしまっている。

青木　つまり、各省庁には大臣がいるわけだから、本来の形での政治主導というのであれば大臣が官僚をきちんとグリップし、やるべき対応や政策づくりをきちんと政治主導でやっていこうということであって、現在のそれは官邸主導になってしまっていると。

古賀　そうです。しかも「安倍一強」という状況の下、政党政治の劣化という現象も起きている。大臣も官邸にきちんとモノを言わない。

青木　僕は政治記者ではないのでつぶさに知らないのですが、加計学園の問題にしても、所管大臣である林芳正文科大臣らの影は薄いですね。財務省の公文書改竄だって、最近の麻生太郎財務相のやけっぱちな放言を見ていると、大臣もきちんと把握していなかったのではないかという印象すら受けます。

古賀　ええ、実際にご存じなかったかと思います。だから本心では、ご本人も忸怩たるものがあるんじゃないでしょうかね。

僕は大平正芳先生（元首相、1980年死去）が亡くなった時の選挙で初当選して、たまたま田中六助先生（官房長官、通産相などを歴任、1985年死去）のかばん持ちをしていましたから、大平内閣の閣議などは見ることができたんですが、それはもう侃々諤々、それぞれの大臣が思いの丈を語っていたものです。大平さんはそういった意見を全部聞き取って、「それで結構です」「みなさんの考えをどんどん実行してください」「責任は私がとります」というまとめ方をされていました。

ところがいまはすべて官邸です。政策についても、自民党の部会だとか政策調査会（政調会）、総務会を飛び越えて決まってしまう。放送法の4条を撤廃しようという話にしても、総務大臣がきちんと把握していないぐらいですね。こんなことがいろいろなところで起きている。官僚にしてみれば、大臣が方向も示さなければ、大事な人事も官邸任せ。本当の意味での政治家と官僚の信頼関係というのが失われてしまっています。

青木　内閣人事局の弊害は最近、いろいろ指摘されていますが、古賀さんはどうするべきだとお考えですか。

古賀　僕は内閣人事局もひとつの方法だと思います。ある意味では必要な、時代に合ったやり方かもしれない。ただ、露骨な好き嫌いで人事をやっては絶対にいけない。このあたりのバランスがいま、非常に崩れているんだと思います。

戦争体験が過去のものになってしまった

青木　いわゆる歴史認識の問題などもうかがいたいと思います。古賀さんは過去に靖国神社の総代を務める一方、日本遺族会の会長などとして平和の大切さも強調してこられました。しかし、安倍政権の歴史観は相当に復古的というか、いわば歴史修正主義的で、隣国との摩擦の原因などにもなっていますね。

古賀　これはもう安倍さんと僕はまったく違う。安倍さんは戦後生まれ、僕はいまや数少ない戦前生まれですから、仕方ない面もあるんですがね。昨年（２０１７年）の衆院選挙が終わった時に調べて驚いたんですが、もう戦前生まれの衆院議員は19名しかいないんです。４６５議席のうちのわずか19名、あとは戦後生まれですよ。そういう意味で僕は安倍さんなんかと決定的に違うわけです。

僕は、なによりも平和を貫いていくことが一番大事だと思って政治活動を行ってきました。そして、われわれはいずれ消え去るんだけれども、戦争を知っている世代として、戦争というものの愚かしさと悲惨さを次の世代につなぐのがわれわれの責務であり、それこそが政治を志した原点だと考えてきたんです。

青木　では、憲法改正の動きについてはどうですか。

古賀　僕はいつも若い国会議員の先生方に言うんですが、憲法というのは国の最高法規であると同時に、一方で権力者による権力行使の抑制こそが大きな役割なわけです。もちろん時代が変わるなかで変えていくべきところも出てくるだろうし、残しておかなければならない大切なものも当然ある。常に研究し、学習し、勉強していくというのは国会議員の最大の務めです。憲法の勉強をしない国会議員は国会に籍を置くべきではないとすら思います。

したがって現在の憲法の条文を未来永劫、すべて残せという議論はありえません。時代が変わるなかで加える必要のあるものも、この条項はもういらないというものもあるかもしれない。だけれども9条というのは、特に戦争の放棄というのは、現行憲法の根幹です。あの戦争を振り返り、反省し、こういう国にしようというわれわれの決意なんです。ある意味では覚悟と言い換えてもいいかもしれません。

そして理想でもあります。いまも至るところで国際紛争が起きている。近隣諸国を見ても、中国をはじめとし、軍事力を増強する国ばかりかもしれない。当然、日本がいまのままでいいのかという議論は出てくるでしょう。現実的な平和維持の方法を考えなければいけないという人もたくさんいる。

だけれども、9条が理想だからこそ、その理想を貫くための努力をするのが政治家でなければならんと僕は思う。あの憲法は、特に9条は、いま申し上げたように国民の決意であり、覚悟として先人たちがつくりあげた。これは世界遺産だって僕は言うこともあるんですが、そんな理想だからこそ、なんとしても貫かなければならない。逃げてはならない。9条という理想に基づく平和こそが本当の平和なんだと、僕はずっと言ってきているんです。

青木　その9条をまさに変えようと安倍首相は訴えているわけですね。

古賀　安倍さんが言うように、自衛隊の合憲、違憲論に終止符を打つためだけに9条に書くなんて、僕に言わせれば愚かなことです。そんなことで済めばいいけれど、集団的自衛権の問題などとどう絡んでくるか。

青木　集団的自衛権の一部行使容認に舵を切った安保関連法制についても古賀さんは……。

古賀　大反対です。

青木　かつては与党や保守のなかにいた古賀さんのような政治家が、最近はすっかりいなくなってしまいました。そう考えるとかつての自民党というのは幅が広くて、野中広務さんや亀井静香さんなども古賀さんと共通する想いを抱いた政治家でしたね。昨今の歴史修正主義的な風潮は、やはり戦争体験が過去のものになってしまったことが大きいのでしょうか。

古賀　それはひとつの大きな原因だろうと思います。野中先生も残念ながらお亡くなりになってしまいました。わずかな期間だったけれど、野中先生は軍人として戦った経験もありました。僕は2歳の時、父がフィリピンのレイテ島で戦死しています。そういう人びとが抱く平和への想いは、それは非常に強いものがあります。

その上で憲法を勉強する。歴史もしっかり勉強する。それは当然であって、でなければいったい何のために政治家になっているのか。しかし最近は、親の生業を継いで政治をやっている人が多くなってしまいましたからね。

青木　以前お目にかかった時もうかがいましたが、いわゆる世襲議員は増える一方です。最近のデータによると、衆院議員の4人に1人が世襲で、これが自民党に限ると3人に1人が、安倍政権の閣僚は実に半分が世襲議員で占められているそうです。その究極系がまさに安倍首相であり、麻生副総理なのは言うまでもありませんが、次の首相候補に数えられている政治家も大半が世襲議員ですね。これは健全といえるのでしょうか。

古賀　まったく健全だとは思いません。もちろん、決して悪いことばかりではありませんよ。

お祖父ちゃんやお父さんが政治家で、恵まれた閨閥や門閥の中からあまり苦労せず出てくるというのも、それは決して悪いことばかりではない。そういう幸せな星の下に生まれているわけですから。

しかし、叩き上げは大変ですけれど、貧乏を味わった者でなければ貧乏の苦しさはなかなかわからない。だから僕は、もっと現実に根を下ろした、いろいろな体験を持つ人びとが国政の場で働いていただけるような社会になって欲しいと思います。

青木　ただ、これは選挙制度などの問題もありますね。

古賀　ええ。制度上の欠陥はいろいろあると思います。そのため志のある政治家が少なくなっている。それはある意味で平和で、恵まれた、経済的にもまあまあ幸せな国ということなのかもしれないけれど、これもまた大きくバランスを崩しているんじゃないでしょうか。

権力は常に鞘の中に収めておかねばならない

青木　では、具体的にどうするべきだとお考えですか。たとえば選挙制度を以前のような中選挙区制に戻すとか？

古賀　もとに戻して単純に解決するものではないでしょう。中選挙区制の弊害もたくさんありますから。

青木　小選挙区制を導入した当時の政治改革論議を振り返ってみると、政権交代を起きやすくさせると同時に、とにかくカネがかかる政治を変えるというのが、中選挙区制から現行の選挙制度へと移行する最大の建前でした。

古賀　そうです。ただ現行の選挙制度はやはり政党政治を劣化させ、政治家の個々の資質にものすごく影響を与えたのも間違いない。現在のような「一強」という状況をつくったのは、この制度の最大の欠点だろうと思います。

青木　古賀さんは「志ある政治家が減った」とおっしゃいましたが、いまの選挙制度を極端にいえば、頭数をそろえて風さえ吹けば、どこの馬の骨だろうと当選してしまう印象です。

古賀　おっしゃる通りです。わかりやすく言うと、競争がない。自民党の中でも、最近は小選挙区で公認されればほぼ当選できる。よしんば小選挙区で失敗したって、惜敗率の比例代表で復活できる。その公認候補を決める公募も門閥・閨閥の力学が働き、親が引退したから息子や娘が出る。どこにも競争がない。

これは誰が総理・総裁になっても同じことになるでしょう。決して「安倍だから一強」ということではない。この選挙制度では常に権限が集中し、似たような政権がつくられてしまう。とはいえ、中選挙区に戻すというのは、いまの状況では不可能でしょう。すると公募の段階などで工夫を凝らすのが現実的かもしれません。

青木　世襲対策でいえば、同じ選挙区から立候補するのを禁ずるのはどうですか。憲法違反になるという指摘もありますが。

古賀　憲法違反ではないでしょう。ひとつの方法としてわかりやすいのは、先の総選挙の山梨2区でしょうか。同じ保守系の候補でしたが、話し合いがつかずに戦わせ、勝った方が自民党ということになった。公募の段階で白黒つけず、志があって手を挙げた人なら2人でも3人でも争わせ、決めるのは有権者。こういうのをもっと広げれば、少しはまっとうな議員が多くなるかもしれません。

青木　しかし、それでは野党にとって「漁夫の利」になりかねませんよ。

古賀　まあ、それもあり得ますね。ただ、そういう議論がこれから自民党内で起きてくるということを僕らは期待したいし、そういうことができるように何かいい方法はないのかなという思いはしますね。

青木　先ほどからバランスというお話をされていましたが、安倍晋三という首相をどう評価されますか。バランスはありますか。

古賀　ないでしょうね。第一、バランスということをあまり考えたことがないんじゃないですか。みんな言わないんだけれども、時の権力者が改憲を声高に訴えるというのは、やはりちょっとおかしいと僕は思う。憲法改正というのは国民の中から湧き出るものでなければならず、何がなんでも9条を変えると最高権力者が言うのは、いくらそれが自民党の党是であっても危険なことじゃないですか。

先ほども申し上げたとおり、憲法は権力者の権力行使をどう制限するかという役割を持っているわけですから、そのことの議論がないこと自体、非常に怖いし、自民党はいったい何をやっているのかと僕は思う。

青木 ただ、安倍首相の考えは違うようです。少し前の話ですが、憲法は権力者の権力行使に枠をはめたものだという指摘を受けた際、それは王権時代の考え方で古いんだと安倍首相は反論しました。

古賀 まったく違うと思います。そこは一番大事にしなければいけない点です。権力者が権力をフルに使うという最近の風潮が大間違いなんです。権力は常に鞘の中に収めておかねばならない。それこそ権力者が一番考えるべきことです。権力を持ち、それが強くなればなるほど、思わぬ人たちが寄ってくる。われわれだって当選すれば、わけのわからない人が寄ってくるんですから。

過去の政権との決定的な違い

古賀 そもそも権力というのは、そういう性質のものなんです。総理大臣なら、なおさらです。だから権力者は権力の刃をむやみに振り回してはいけない。注意深く鞘に収めておかないと、誰だって考え違いをしてしまう。一番身近にいる奥さんだって、権力があると思ってしまうんです。本人に権力があると思っていなくても、周りは決してそう考えてはいない。そこをきちんと勉強するか否かが権力者の最も大切な点だと思います。

青木　いまのお話、非常に興味深いのですが、現政権で噴出した数々の疑惑でいえば、森友学園問題を彷彿させますね。学園の理事長は熱心な首相の支持者を自称していました。そういう人物が寄ってきて、首相の妻を学園の名誉校長に担ぎあげ、自らの目的を達成しようとした。それに無自覚すぎだと。

古賀　脇が甘いというんでしょうかね。どこまで自覚しているかともかく、権力者が心地いいことは間違いない。だからこそ、一番身近な人たちであっても間をおく、距離を取るということが非常に大事になってくる。

僕だってそうでした。大変恥ずかしい話だけれども、僕も決してまっすぐな人生を歩んだとはいえませんから。最初の選挙の時なんていうのは、本当にさまざまな人たちが応援にきました。そして当選をすると、応援にきてくれた人たちは、当選したんだから言うことを聞けと、こうくる。

確かにご恩返しはしなければいけないけれど、そこで言うなりになっては絶対にダメなんです。場合によっては徐々に関係を断ち切っていかなければならない。これに僕は非常に苦労したし、だからこそ権力というのは怖いんだということを勉強させてもらいました。そういう勉強がものすごく必要なことだと思うんです。

青木　そのお話も、現在の日本政治の問題点をよくあらわしていると思います。古賀さんのような叩き上げの政治家であれば、そういう苦労は必ずすることになるんでしょう。徒手空拳で選挙に出馬し、選挙運動や政治資金で大変苦労するわけですから。

ところが、昨今増えている世襲政治家であれば、そうした苦労はほとんどない。だから逆に妙なイデオロギーの共有者であったり、〝お友だち〟といった人脈に取り入られてしまうのかもしれません。

古賀　森友もそうですが、加計学園だって同じでしょう。あれも〝お友だち〟です。本来は、そういう人たちとどう距離を置くかというのが肝心なんです。それと僕が最近、とても不思議に思っていることがあるんですが、安倍さんの一日のスケジュールは新聞に出ますね。

青木　首相動静ですね。各紙に毎日掲載されます。

古賀　そこに出てくるメディアの社長たちとの会食はいったい何ですか。メディアの社長と一緒に食事するなんて、僕らが現職時代にお仕えした総理にはほとんどなかったことですよ。

青木　僕は政治記者経験がないのであまり知らないのですが、かつては首相動静に書かれなかっただけではなく、メディアトップとの会食自体がやはりなかったんですか。

古賀　ありませんでした。もちろん、どうしても必要な時は密かにやっていたのかもしれません。そこまではわかりませんが、少なくともこれほど堂々と会食するなんてことはありませんでした。池田勇人さん（元首相、１９６５年死去）なんて、夜の会食を一切やられなかった。

青木　メディアの社長に限らず、夜の会食自体をまったく、ですか。

古賀　ええ。それを貫いていらっしゃいましたね。それがいま、なんの後ろめたさもなくメディアの社長たちとも食事をする。

青木　それはメディア側の問題点も大きい。

古賀　僕は、これも権力というものを鞘に収めているか否かの証左だと思うんです。いまは経済界や経団連の幹部だって頻繁に食事しているでしょう。このあたりもバランスを崩しているな、と僕などは感じてしまう。

青木　つまり首相という最高権力者は、たとえ自分で意識していなくても、その言動がさまざまな波紋や忖度を生み出しかねない。だから常に注意深く振る舞い、誤解を受けかねない接触や関係は避けねばならないと。

古賀　そういう姿勢が必要だと僕は思います。周りの人たちが何を言うか、どう行動するかということにも気をつけておかねばならないんです。

青木　しかし安倍政権は、権力を鞘に収めておくどころか、抜き身の権力を平然と振るってきましたね。重要な人事面でも内閣法制局長官をすげかえるとか、日銀総裁やＮＨＫ会長に〝お友だち〟を送り込むとか、歴代の自民党政権ですらやらなかったことを平然とやりました。

古賀　権力をずっと抜きっぱなしなんです。鞘に収め、隠さなければならないのに、俺は権力を持っているんだぞとやるわけです。それが過去の政権との決定的な違いだと思います。

ひとつには自民党内の批判勢力がだらしない

青木　おっしゃるとおり、安倍首相の場合、権力の怖さということを学ぶ機会がなかったのでしょうね。

古賀　そうです。ずっと日の当たるところを歩き、一気に総理になってしまいました。これは小泉純一郎さんにも責任がありますけどね（笑）。

青木　確かに。

古賀　小泉さんも、まずは自分の利ありき、という方でした。たとえば支持率なども、こういう姿勢でやれば支持率は下がらないと常に計算していた。だからあれだけの勢力を保ちながら、一番大事な時に消費税の議論は一切やらなかった。この点は小泉さんを評価できません。総理としての責務を果たさなかった。自分のためだけの総理ではないんですから。

青木　その小泉首相の跡を継いだ安倍首相も、どうやら支持率を強く意識していますね。しかも僕は不思議で仕方ないのですが、これほど数々の疑惑や不祥事が噴き出しても、さほど支持率が下がらない。もちろん下がり続けてはいるけれど、それでもまだ40％もあるんですね。これはいったいなぜだとお考えですか。

古賀　僕もわかりません（笑）。なぜこんなに高いのか。過去の歴代の総理大臣、支持率が40

%なら高いという感覚ですよ。小渕恵三さん（元首相、２０００年死去）だって20%とか30%、森喜朗さんに至っては7、8%まで下落した。ですから30%あれば平均的な数字で、いまなお40%を維持するのはなぜなのか。

青木　各種の世論調査を見ると、安倍政権を支持している人の内訳で最も多いのが「ほかに適当な人がいない」です（笑）。

古賀　ええ。ひとつには自民党内の批判勢力がだらしないということがあるんでしょう。だらしないと言えば怒られるかもしれませんが、やっぱり沈黙してしまっている。次の総裁候補と言われる人たちの中でも、安倍さんと違うことを言っているのは石破茂さんぐらいでしょう。他の派閥領袖はみんな安倍さんに同調している。

青木　これはなぜですか。選挙で公認が得られないのを恐れるといっても、昨年に総選挙をやったばかりです。それこそ派閥の領袖なんていう人たちは、総理総裁になりたいわけでしょう。これだけスキャンダルが続発すれば、ここぞとばかりに次を狙って動くべきではないですか。

古賀　確かに批判勢力がおとなしくなってしまっていますね。かつての中選挙区制の時代と比較しなくとも、小選挙区になってからだってモノを言う人は言っていました。小泉さんが首相時代、われわれも抵抗勢力だとさんざん言われましたが、やはり言うことだけは言っておこうと思っていた。

別に殺されるわけではないし、ポストを失ったってどうってことはない。仕事ができる人はポストがなくてもする。そういう人は過去にたくさんいましたから、恐いものはないはずなんですがね。これもやはり、批判勢力の劣化ということなんでしょうね。だらしない。

青木　野党も同じですね。

古賀　これはまあ、だらしないというのを通り越しちゃっていますね。いま頃になって民進党と希望の党が一緒になるなんて、国民は本当に呆れているんじゃないですか。選挙直前に大騒ぎして分かれて、また一緒になって。

ただひとつ、この小選挙区制度が野党の力を削ぐ原因になっていることを忘れてはいけません。二つにも三つにも分かれた野党が自民党と戦うわけですから、仮に複数区であっても、その中で野党同士が競争もしなくてはいけない。逆にいえば、いまのような野党の状況が自民党の勝利に貢献してしまっているわけです。やはり小選挙区制度というのは、さまざまな副作用、欠陥があるということです。

しかし、そういう政治に対する不信感や不満というものが現在、まるでマグマのように充満していると僕は思いますよ。そういう状況になっているということを、われわれはきっちり見ておく必要もあるでしょう。

青木　同感です。最後にもうひとつ、簡単にはお話しできないと思いますが、外交についてうかがっておきたいと思います。特に北朝鮮をめぐる情勢が現在、大きく動き始めていますね。南北首脳会談に続き、史上初の米朝首脳会談まで実現する見通しになりました。

ただ、少し前を振り返れば、まさに古賀さんが最も懸念される武力行使、戦争の可能性までが大真面目に語られるような状況だったわけです。そうした北朝鮮とどう向き合うべきか。あるいは中国とどう向き合うのか。

安倍政権の外交を見ていると、北朝鮮に対してはとにかく圧力だと。そしてアメリカとくっついていれば安心なんだと。そんなふうにしか見えないのですが、古賀さんはどうお考えでしょう。

古賀　アメリカとの関係はたしかに日本外交の基軸ですから、アメリカとはしっかりとした信頼関係をつくる必要があります。これは民主党政権でガチャガチャした日米関係が再構築され、信頼関係は大きく回復しました。

ところがトランプさんが大統領として登場した。アメリカ国民が選んだ大統領ですから、そういう意味でも日米関係を大事にするという意味でも、トランプさんとの間にもやはり信頼関係をつくるのは大事なことです。

しかし一方、トランプさんを世界の国々はどう見ているのか。日本の国の政治といっても、永田町だけで自立していると思ったら大間違いですから、世界の国々がどう見るかをきちんと考えねばなりません。

安倍さんはトランプさんにのめり込んで、非常に仲がいいとアピールしています。ところがヨーロッパなどはトランプさんを非常に厳しい目で見ています。そうなると、日本もまた同じような目で見られてしまう。中国との関係も改善されつつあると言っているけれど、僕の知る限りでは、まだ中国は日本をそんなに信用するというところまでいっていない。韓国に至っては、歴史観などでもっと難しい。

したがっていま、日本は非常に難しい立場にあると思います。北朝鮮をめぐる情勢がこれだけ動き、米朝首脳会談まで行われるというのは、確かに圧力と制裁が利いた面はあるでしょう。ただ、それだけでいいのかといえば、僕は非常に心配です。もっと柔軟性が必要です。特に中国など、北朝鮮と関係の深い国との間で真の信頼関係、もっと奥の深い関係が必要になってくると僕は思います。

青木　ただ、安倍政権が現在のような歴史観を振りかざせば、中国や韓国との信頼関係回復はなかなか難しいでしょう。

古賀　大変だと思いますよ、正直言ってね。

（2018年4月10日）

古賀誠（こが・まこと）
1940年、福岡県生まれ。政治家。1965年、日本大学商学部卒業。参院秘書を経て、1980年に第36回衆議院議員総選挙にて自民党より出馬し初当選。以降、2009年まで10回連続当選。1992年に自民党総務局長就任。1996年に第二次橋本内閣で運輸大臣に就任。2000年に自民党幹事長に就任。２００７年に自民党選挙対策委員長に就任。２０１２年に政界を引退し、一般財団法人日本遺族会顧問などを務める。

第4章 中村文則

言うべきことを言う姿勢

広く芸術一般に似たようなことは言えるのだろうが、特に文学はその社会の現状を写すリトマス試験紙のような面がある。

たとえば表現や言論の自由度が高い社会であればあるほど、多様で多彩な作品群がそこに花開き、私たちの知的好奇心や問題意識を深々と揺さぶってくれる。他方、圧政や全体主義の下ではすべてが無残なモノトーンに染まり、懸命の抵抗を試みる作家が時おりは現れても、大半は沈黙を強いられる。悲しいことに、なかには圧政に呼応してプロパガンダに動員される作家までが登場する。

では、この国の現在はどうだろうか。一応は言論・表現の自由が保証され、多種多様な作家たちの紡ぐ作品が書店には並んでいる。しかし、見るも無残なヘイト本や自国礼賛本も山積みにされ、一部の優れた作家たちは現状に盛んな警告を発している。現状に不健全なナショナリズムや不寛容の気配を敏感に感じ取っているからだろう。気鋭の若手人気作家である中村文則はそのひとりである。

中村に会ったのは、スタジオジブリの鈴木敏夫プロデューサーが都内に持つ〝隠れ家〟の一室だった。対談をはじめてまもなく、政治的な発言は決して本意ではないと中村はほのめかしつつ、この国の現在の「気持ち悪い流れ」に「強烈な危機感」を抱いていると言った。なのに「言うべきことを言う作家が少ない」と。そして「大きな流れが一方向に傾いてしまうと、もはや止めることができないんです」とも。

文学者ではなくとも、同じ言論や表現の仕事に関わる者として、まったく同じような問題意識を私も抱いている。だから中村が抱く「強烈な危機感」の中身を、あらためて多くの人たちと共有したい。

青木　この対談連載は『日本人と戦後70年』というタイトルを冠していて、中村さんだったら「戦後70年と日本文学」といった感じにこじつけることもできるのですが……。

中村　でも、これまで読んできた限りでは、「戦後70年」にそれほどこだわっていないこともありましたよね。

青木　そうなんです（笑）。実際は僕たちの会いたい人に会う連載という面もありまして、それで中村さんにも一度、お目にかかって話をうかがいたいと思っていたもので。

中村　ありがとうございます。なんでも大丈夫です。

青木　では遠慮なく。僕が中村さんの作品を最初に読んだのは、芥川賞の受賞作となった『土の中の子供』（新潮文庫）でした。この作品はもちろんですが、中村さんは時代や社会、政治の歪みなどと真っ向から対峙している印象があって、そういう純文学の作家は最近、数少ないように思うのですが。

中村　どうでしょうか……。そもそも文学って、その時代の社会風潮とか情景も映し出すものですよね。たとえば外国のことを知るには、その国の文学を読むのが一番いいと僕は思っています。文学には記録の意味もありますし。

だからといって、最初から社会問題を書こうと思って書いているわけではないんです。自分の興味範囲、そして自分の危機意識みたいなものに基づいて書いている面もありますけども。

青木　たとえば『土の中の子供』について言えば、子どもへの虐待が作品の大きなモチーフになっていますね。それが中村さんの興味範囲にたまたま入っていたと？

中村　あれを書いたのは20代でしたが、基本的に僕は自分の中から出てくるテーマを書いていました。僕の子ども時代はそれほど幸せではなく、いろいろなことがあったりもしたので、そういう内面にあるものを文学にするということです。かといって、事実をそのまま書くだけでなく、それをフィクションに昇華することでより真実に近づける方法もあります。

『土の中の子供』に関して言うと、実は裏テーマとしてイラク戦争もあったんです。書評でも誰もそこを指摘しなかったくらい、本当に暗喩中の暗喩ぐらいの込め方だったんですが。

青木　イラク戦争ですか？　あの作品を書いたのは……。

中村　2005年です。

青木　つまりは9・11テロを受けてブッシュ・ジュニア政権が2003年3月、国際社会の異論を振り切って仕掛けたイラク侵攻戦のことですね。

中村　そうです。

『教団X』を書くに至った強烈な危機感

中村　僕のデビューは2002年で、9・11の直後になります。だから当時は確かにそれを意識していました。そういう政治、社会状況の影響があったと自分では思っています。

青木　それはたとえばイラク戦に参加した米兵が極限状況のなかで心に重大な傷というか、強烈なトラウマを負ってしまったというような面でですか。

中村　というよりも、やられる側、やられるイラク兵の側です。戦場のイラク兵は、たとえ死んでも、死んだふりではないかと疑われ、決して優しくはされない。確実に死んだ後に埋葬され、ようやく優しくされる。死なない限りは優しくされない存在っていったい何なのか。

虐待死をめぐるメディア報道でも、後になってから「可愛かった○○ちゃん」と伝えられるけれど、いまさら言っても遅い話であって、死んでからようやく同情される。密室状態での虐待、その加害と被害の圧倒的な力の差というものが、アメリカとイラクにもあったということが、どこかでリンクした感じはありました。

青木　つまり『土の中の子供』は、イラク侵攻戦の不条理を含む当時の政治、社会情勢へのメッセージも込めた中村さんの私小説的な面もある作品と受けとめればいいと。

中村　僕の作品の基本ベースとしては、主人公はだいたい僕なんです。自分のなかにできたものがあって、それがメインとしてあって、それに社会問題的なものが加わるのが僕の基本的な書き方というのはありますね。

青木　では、その後の『教団X』（2014年、集英社）にしても、『R帝国』（2017年、中央公論新社）にしても、作家として充実していくに従って仕掛けが大きくなった印象を受けるのは、問題意識がもっと大きく広がっていったということですか。

中村　そうですね。でも、社会的な要素が加味されることはあっても、実は政治的なことはあまり書いていなかったんです。それはある意味、書く必要を感じていなかったというのもあるんです。

青木　というと？

中村　さかのぼると靖国問題ですね。小泉政権期に首相の靖国参拝問題があって、その頃に『戦争日和』（２００６年発表、『世界の果て』文春文庫に所収）を書きました。これは靖国問題を暗喩した短編で、いわゆる政治的なことを暗喩しつつ初めて書いた作品でした。それもどの評論家にも指摘されないぐらいでしたが、当時は世の中がちょっとおかしくなるかもしれないという危機感があったんです。

でもその後、小泉首相もお辞めになって、しばらく後の第一次安倍政権も短期で終わり、僕が危惧するようなことがなくなったので、政治的な作品を書くことはありませんでした。ところが安倍政権が復活し、別に安倍首相が復活するのは構わないのですが、復活したあとの安倍首相のパーソナリティというか、政治手法というか、政治思想的なもの、そして安倍首相の周辺にいる人びとを眺め、僕は強烈な危機感が湧いてきました。そこで『教団X』に至ったわけです。

どういうことかというと、僕が大学生のころ、漫画家・小林よしのりさんの『新ゴーマニズム宣言スペシャル　戦争論』（幻冬舎）がとても流行ったんですね。当時の僕は、文学を通じて戦争を知り、学んでいました。文学を通じて戦争を読み、現実はどうだったのかを僕なりに調べていたんです。で、小林さんの描くことには心を動かされなかった。ところが周りの人たちはけっこう感化されているのを肌で感じて。

もちろん、そういう本があってもいいんですが、一方でリベラルな側の漫画作品には、あそこまで話題になるものがありませんでした。それこそ『はだしのゲン』にまでさかのぼらないと存在しない。戦争はいけないというメッセージを込めたアニメや漫画はたくさんあって、スタジオジブリの作品はその代表格でしょう。ただ、コミック漫画というか、もっと直截に戦争を批判する、政治論として明確に主張するものがないような思いがありました。

そこで僕の作品は漫画ではなくて小説なんですが、少し権威主義的な人が読んだら嫌悪感を覚えるかもしれないぐらいにリベラル的な、少し極端なリベラル性を宿した文学というか、作品が必要なのではないかと、実は考えたんです。『教団X』という小説のテーマはそれだけではないんですが、そういった思いも込めて書いた作品です。

人質になった人へのバッシングと自己責任論に驚いた

中村　でも最近、僕は政治的なことをよく小説に書くと言われますが、実は作品としては『戦争日和』と『教団X』、『R帝国』、『その先の道に消える』、それ以外では短編で南京虐殺を書いた『A』と慰安婦問題を書いた『B』（いずれも『A』河出文庫に所収）ぐらいなんです。ほかは政治的なことを別に書いていないのに、そういうイメージがこの数年強くなってきて（笑）。

青木　しかし、それだけ書かれていたら、けっこう多いような気もしますね（笑）。

中村　僕の著作は19冊あって、長編でいったら2、3冊が政治的な作品にすぎません。刑事ものも書いているし、自分ではそうでもないと思うんですが、問われるままに新聞などでもコメントしてますから、最近どうもそういうイメージがついちゃったかなと（笑）。

青木　なるほど（笑）。ところで、いまお話に出た漫画の『戦争論』ですが、中村さんの世代にかなり影響力を持ったと？

中村　もう少し上の世代かもしれませんね。ただ、現在の気持ち悪い流れは僕の大学時代からありました。たとえば、過去の戦争も悪いところばかりではないと言う友人がいたりして、もちろん悪いところばかりではないんでしょうが、僕が反論するとすごく面倒くさそうな顔になって「お前は人権のにおいがする」と言われたんです。「人権のにおい」っていったい何かと。人権って誰もが当たり前に考え、守るべきものだという認識が僕にはあったんですが、その前提が覆されるような衝撃を受けました。ただ、当時はまだ社会全体がそうではなかったから、そこまでは引きずらなかったんです。

青木　中村さんの大学時代というと……。

中村　２０００年卒業なので、90年代ですね。いまだったら、あの友人に似た人はたくさんいるでしょう。自己責任論などというものも、僕が作家になってからの現象です。イラクでの日本人人質事件（2004年）があって、あのときに僕は、人質になった人たちへの評価は仮に置いたとしても、とりあえずは助けよう、あとのことは助けた上で考えよう、というのが日本人の一般的心理だと思っていました。ところが相当なバッシングが起きたことに、ものすごくショックを受けた。そして大学時代の友人の記憶が蘇ったんです。

結局のところ、自己責任論というのは、国に刃向かう者をなぜ助ける必要があるのか、ということに尽きるでしょう。そんなことを言われると、ひたすら驚くしかない。国には自国民保護の原則が大前提としてあるはずなのに、いったいどうしてしまったのか。

青木　僕もまったく同じ嫌悪感を覚えました。しかもイラクで人質になったのは、ボランティアやジャーナリストを目指して現地に渡った若者たちです。当時のパウエル米国務長官ですら「日本は彼ら、彼女らを誇りに思うべきだ」と評したというのに、日本国内は政治が先導する形で猛バッシングの嵐でした。

中村　あの頃からすでに何かがおかしくなり始めていたんです。戦後文学を読むと、一気に解放された印象があるんですね。戦後文学は、書けなかったことが一気にバーっと噴き出してくる、あの感じが僕はとても好きでした。そして、ふと思うんです。戦前や戦中の文学者にも、素晴らしい人がたくさんいた。ものすごく優秀で、能力の高い作家がたくさんいた。なのになぜ、社会はああなってしまったのか。

やはり大きな流れが一方向に傾いてしまうと、もはや止めることができないんですね。たとえば与謝野晶子も途中から言うことが変わるし、福澤諭吉もある時期から妙な言い方をするようになる。その変わるポイントというのがあって、あれほど頭のいい人たちも抗えなくなるということは、危険な芽が出た時に止めたり、きちんと注意を喚起しておかないとマズい。『教団X』を書いた頃はその萌芽を感じて、いま言っておかないと手遅れになるかもしれないと思ってあの作品を書き、その後は政治的ではないものを書いていたんですが、いよいよマズいだろうということで、ちょうど新聞連載の話があって、広く読まれるだろうと思って『R帝国』を書いて……。

青木 しかもそれが読売新聞でした。何かトラブルはありませんでしたか(笑)。

中村 大丈夫ですよ(笑)。僕自身は相当な覚悟を持って書きましたし、読者の評判も良かったし、夕刊連載の文学作品ですから。あれが書けなくなったら、もう本当にヤバいと思います。

「ジャンク文化」「ジャンク政治」

青木 いま中村さんが指摘されたように、戦中の文学者たちは巨大な流れに押し流されてしまいました。それでも堀田善衞などはかなり抵抗した文学者だとは思いますが、一方で「ペン部隊」と称して積極的に戦争協力に走った連中もたくさんいたわけです。あるいは、沈黙してしまった文学者も多かった。これが戦後にようやく解放されたというのに、戦後70年を経て戦後民主主義へのバックラッシュというか、反動化のような現象が起きているのはいったいなぜだとお考えですか。

中村　いろいろ複合的な要素はあると思いますが、若い層について言えば、仕事などに希望を持ちにくいんだと思います。僕が大学を卒業したのが2000年で、当時は超氷河期と言われていました。いまだって少子高齢化で学生の求人率がいいと言っても、一部の業務の極端な人手不足が全体の求人倍率を上げてるだけで、人気の業種の倍率は実はすごく厳しい。誰もが自分の仕事に夢や希望を抱けるような社会ではない。そういうとき、つまりは自信を失ったとき、自信を呼び戻してくれるものとしてナショナリズムが鎌首をもたげてくる。

青木　そうなのでしょうね。

中村　悲しいことに人間って、他人よりも優越感を抱きたがるものです。優越感を抱くためには本来、さまざまな努力を尽くさなければなりませんが、ナショナリズムというのは手っ取り早いんですね。日本人は優秀だ、先の大戦は間違いじゃなかった、オレたちはなぜ謝罪ばかりしなくちゃならないんだと、そういう面で自信を抱くことで気持ちもちょっと強くなる、安定するという人間の感情を煽る連中も増えてきたからだと思います。

そういうのを僕、「ジャンク文化」とか「ジャンク政治」と呼んでいるんです。人間って、やはり社会的動物でもありますよね。社会的動物は集団として群れるし、集団になればほかの集団を攻撃する。集団の中に異物があれば、それを排除したりするのが社会的動物の本能的欲望としてあると思うんですが、その欲望を煽ることで商売することができると気づいた人たちが増えていったんです。現在はそれが相当広がってしまっている。

また、ある意味で差別は一種のタブーですが、そういったことをあえて口に出すというか、「オレ、言ってやった」とか「言っちゃいけないことを言ってやった」という係がいて、「あっ、あの人、言っちゃったよ」と楽しむような、気持ち悪い快楽を楽しんだりする人もどんどん増えている。すると、それを煽って商売する人も増えるという悪循環に陥っているのが、とくにこの数年の状況ではないでしょうか。

これは第二次安倍政権からという語弊があるかもしれませんが、ちょうどその頃から一層顕著になったのは間違いない。そういう風潮になると、誰だって多少は煽られると思うんです。だから煽る側はやっぱり罪深い。

青木　その煽る側の話をもっと突っ込んでいきたいんですが、その前に中村さんにうかがっておきたいことがあります。僕は世代論というのがあまり好きじゃなくて、ある世代を輪切りにしてレッテル貼りするような議論はできるだけ首をひねりながら聞くようにしているんですが、一方で時代が世代に影響を与えるのも事実ではあるでしょう。２０００年に大学を卒業した中村さんの世代というと、いわゆる「失われた何十年」と称されている時期にすっぽりと入るわけですね。

中村　そうです。いわゆるロスト・ジェネレーションです。

青木　すると中村さんの同世代、学生時代の同級生や、あるいは社会に出て働いている同世代の人びとは、やはり喪失感や満たされぬ感覚、将来への漠然とした不安のようなものは共通して抱いていると。

中村　そうですね。自分のなりたいようになった人はかなり少ない。大抵は最初に入った会社を辞めて、その後に実力で違う会社に入ったり、フリーになって頑張ってる人が多い。そういう人たちは楽しそうな生活を送っていますが、そうじゃない人もやっぱり多い。かなり損を食らった世代であることは間違いないでしょうね。

僕個人でいうと、作家になろうと決意して、東京でフリーターをしながら小説だけを書く生活を送っていたので、周りの就職があまりうまくいかないのが逆に楽でした。みんなは真面目にやろうと思っているのにうまくいかない。

一方の僕は真面目じゃないことをやろうとしてフリーター。だったらいいじゃん、というような気持ちが僕にはありましたが、きちんと正社員になりたいと考えた人たちはかなり大変そうでした。その人たちの性格を考えれば、おそらく耐えられないだろうという仕事に就いた人もけっこういます。

青木　僕は不思議で仕方ないのですが、戦後半世紀ほど続いた右肩上がりの時代が終わり、現在の日本社会を覆う不安感の根元を考えれば、たとえば少子高齢化であるとか、社会保障システムの将来であるとか、膨大な借金を背負った財政をどう立て直すかといった問題などに行き着きます。これは僕らよりも上の世代や既得権益層がさんざん先食いしてきたことによる面は否めず、解決策を見いだせずにきた歴代政府の責任、政治の無策や不作為の責任が大きいわけですよね。ならば本来、政治の現状に怒り、その矛先は政府や大企業などに向かうべきだと思うんですが、なかなかそうはならず、むしろ若い層の保守化が指摘され、弱者叩きや自己責任論が蔓延してしまっている。

中村　本当にそうですよね。

青木　いわゆるロスト・ジェネレーションに属する中村さんは、実感的にこれはなぜだとお考えになりますか。

根底には罪悪感がある

中村　これもいろいろな理由はあると思うんですが、ものすごく大きなことから言うと、日本人って常に圧政を食らいながら生きてきたんでしょうね。

古くは一揆だって徹底的に弾圧された。大正デモクラシーも結局は潰されてしまったし、戦後の60年、70年の安保闘争も最終的にはあさま山荘事件（1972年）などに行き着いてしまった。だから政治というものをあまり深く考えない方がいいという空気が、おそらく僕らよりも上の世代からあった気がします。

青木　ええ。それは僕たちの世代も同じです。

中村　まして僕らの世代だと、あまり社会に文句を言っても仕方ない、言っても変わらないという空気がふわふわとある。権力に刃向かっても無駄だ、と。

それでも民主党政権が誕生したとき、多くの人が期待したと思うんですが、3・11があったり、リーマンショックの影響があったりして、別に民主党だけが悪かったわけではないのに、結局は野田佳彦さんのような人が総理になるんだと失望し、そういう経験を続けざまにしていくと、言っても仕方ないというふうになってくる。それに、言っても変わらないことを言いつづけるって、実はものすごいストレスなんです。言わない方がはるかに楽で。

現在の沖縄をめぐる問題だって、本当はみんな怒るべきなのに、怒ってもなかなか変わらない。一方で、何もしない自分への罪悪感を誰もが根底には持っていると思うんです。その罪悪感を感じたくないから見ないふりをするという人もいれば、罪悪感が湧いてきてしまうから逆に基地を肯定する、これは間違っていないんだと言って罪悪感を消そうとする心理になる人も多いんじゃないかと思います。

青木　なるほど。実はテレビのプロデューサーやスタッフたちと似たような話をしたことがあります。ご存じのようにテレビは視聴率に一喜一憂する傾向が強いわけですが、真摯なテレビ人は沖縄の基地問題にもきちんと取り組みたいと考えている。ところが、沖縄の基地問題はなかなか視聴率に結びつかない。むしろ、取りあげた途端に視聴率がガクッと下がってしまう傾向すらあるというのです。これはなぜかと議論すると……。

中村　罪悪感じゃないですか。

青木　そう。たとえばほかの問題や事件ものなどの話題であれば、誰か悪者を見つけて溜飲を下げたり、どちらかの立場に寄って怒ったり悲しんだりできるけれど、沖縄の基地問題を少し考えれば、少なくともそれなりの理性のある本土の人間は基地を押しつけている側、自分が悪人ではないかと気づいてしまう。

中村　だから考えない。国に問題があるかもしれないけれど、これは仕方ないことだから、考えないことにしてしまう。そんな社会問題を考えるくらいなら、自分の子どもの写真でもフェイスブックにアップしたりしている方がいいんです。楽だし、楽しいだろうし。しかもテレビ番組なども内向きなメッセージを強めるので、誰もがどんどん内向きになってきています。『R帝国』の中で、人々が欲しいのは真実よりも半径5メートルの幸福なんだ、と書いたんですが、そういうことだろうと思います。欲しいのは半径5メートルの幸福であって、真実などはむしろ聞きたくない。社会にこんな問題があるというのも聞きたくない。私は自分の目の前の愛する者たちのためだけに生きる、というような人が増えてるんじゃないでしょうか。

もちろん、それは別に悪いことではありません。意識の配分の問題だと思います。自分の半径5メートルは幸せにしつつ、同時に半径5メートルの幸せを破壊するものが何かと言えば、代表的なのがあの戦争だった。しかもその流れは、ある一線を越えると止めることができないので、まだ芽のうちにきちんと言っておかないとマズいんじゃないかと、僕なんかは思うんですけどね。

青木　ええ。一線を越えたら手遅れになってしまう。しかも、現在もまた一線を越えつつあるのかもしれない。

中村　それにしても、こんなに都合のいい国民はいないですよね。これほど都合のいい国民なら、政治家は楽しくて仕方ないでしょう（苦笑）。

青木　そういえば、僕が通信社の特派員として韓国に駐在していた際、民主化闘争のリーダーから大統領になった金大中氏にインタビューしたときのことを思い出します。金大中氏はこんなことを言ったんです。そもそも日本は、市民が自力で民主主義を勝ち取った経験が一度もないでしょう、と。日本が朝鮮半島を植民地支配していた時代に育ち、日本語も堪能で日本を良く知る金大中氏の指摘だけに、僕もその通りだなと強く思いました。

中村　いや、本当にそうなんです。そういえば今日、ここにくる電車の中で雑誌の中吊り広告を見たら、「韓国よ、日本に甘えるな！」って大書してありました。どちらかといえばリベラルな出版社の雑誌ですよ。

でも、韓国最高裁が日本企業に賠償を命じた元徴用工の問題も、これは昔からくすぶっていた問題であって、いまになって始まったことじゃない。自衛隊機に対するレーダー照射問題だって、時事通信の報道によれば、映像の公開などは官邸主導で行われたようです。

いったいなぜかと考えてみれば、要らない兵器をアメリカから大量に買わされ、ロシアとの北方領土交渉はうまくいかず、拉致問題を解決すると言いながら北朝鮮とのパイプもない。そうしたときに韓国とのトラブルがあって、その騒ぎを大きくし、社会的動物としての他者攻撃本能を煽って、支持率を少しでも上げようとしているんでしょう。韓国側にも同様の面があるんじゃないですか。これほど不毛なことはない。テレビなどのメディアだってそう。怒りは関心を呼ぶので、視聴率が上がると考え、煽っている。

しかも愚かです。拉致問題を解決するには韓国の協力は不可欠で、じゃあ拉致問題はもう解決しなくてもいいのか。いったいどっちなのか。正直、現在のこの政治、社会状況は見ていられないですね。

青木　まったく同感です。

出版に関わっている人間としての当事者意識

青木　では、醜い他者攻撃本能をメディアが煽っている、という点をもっと突っ込んでお話しさせてください。先ほどから中村さんが指摘されているように、テレビなども確かにそういう面はありますが、僕たちの主な活動の場である雑誌、書籍などにも同じ風潮が広がっていますね。書店にはヘイト本の類が山積みにされ、一部のヘイト雑誌はもちろん、一般誌でも類似の特集がしばしば見られます。最近では、LGBT（性的少数者など）を薄汚く罵る文章を掲載した『新潮45』（新潮社）が休刊に追い込まれました。

中村　僕は出版社と直接の関係があるので、いきなり外で批判を口にするのは変な話で、まず直接言うのが筋だと思いました。僕は出版に携わっている人間として当事者意識がありますから。なので、あの件の自分の考えはすべて、新潮社に伝えたんです。

青木　『新潮45』をめぐる問題では、新潮社の内部からも批判と自省の声が上がり、文芸誌の『新潮』が昨年の12月号で〈差別と想像力〉と題する特集を組んでいたのが目を引きました。その特集には中村さんも寄稿されていて、非常に印象的な内容だったので、僕も連載コラムなどで紹介させてもらいました。

ここでも一部を引用させていただくと、〈言論には常に責任が付きまとうということ。何かの言葉を雑誌に載せる行為は、それくらい重いことで、ヒリヒリとした責任と緊張をまとうものであり、そのような質の高い言論と言論のぶつかり合いだからこそ、言論空間は刺激的で面白く、時に学びの場となる〉。

そう指摘した上で中村さんはこう書いています。〈右派や保守論壇の質が落ちたと近年よく言われる。だがそれは全く正確ではない。本来まだ語るべき能力も姿勢もない人間が、右派や保守を自称し、時に政治勢力も背景にしながら出てきているだけだ〉と。深く頷きました。

中村　この問題について言えば、出版界の大前提として、出版社は書き手を守る義務があるんです。これがまさに大前提であって、書き手が書いたものを出版社は擁護する。だから『新潮45』の問題も、あの文芸評論家を新潮社は最後まで名指ししませんでした。名指しできないんです。原稿を依頼した以上、本来は全力で擁護しなければならない。

そうしたことがこれまでの出版社の常識として成り立っていたのは、あんなに質の低い人が書くとは想定していないからです。本を書くって、海外ではそれだけで尊敬されますし、あんなものを書くという前提がないんです。あそこまで質の低い書き手がいるという前提がそもそもなかったので、出版界の暗黙のルールが難しくなった。そのことを『新潮』の特集では書いたつもりです。

青木　とはいうものの、そうした書き手によるヘイト本がそれなりに売れてしまっているのも、否定できない現実ですね。

中村　いや、僕は思うんですけれど、有名なネトウヨのツイッターのフォロワー数も、せいぜいが5万程度でしょう。書籍でも売れているものもごく一部ありますが、実はそれほどの多数派ではないとも感じていて。

青木　しかし、中国や韓国を悪し様に書いた外国人タレントの一昨年の新書は47万部を売り上げ、例の流行作家が最近出した日本礼賛本は50万部に達したそうですよ。

中村　でも、僕のリベラルな『教団X』も50万部ですし（笑）、それに、彼らの本を若い人たちが買っているとは、どうも思えない。むしろ色モノ的な売られ方というか、問題の『新潮45』が完売になったような、そんなにひどい本なら読んでみようかという感じじゃないんでしょうか。

逆に炎上でもしないとあそこまで売れないでしょう。だって、彼らをオピニオンリーダーにしているなんて、公言するのも恥ずかしい。あの人たちの意見を参考にしていると言って、女の子が「うわー、かっこいい！」って思うわけもないし（笑）。

青木　確かに（笑）。ただ、ご存じだと思いますけれど、そういう本を首相が冬休みだか正月休みだかの読書のために買ったと、自分のＳＮＳで自慢げに写真を載せていました。一国の首相が堂々とオススメ本にしてしまうんだから、これは国際的に相当恥ずかしい（笑）。

中村　それはありますけどね。でも、僕が気にしているのは、僕ぐらいか、僕よりも若い人たちの反応です。ああいう本を買うのは、やっぱり老人たちだと思います。いまの出版界って、高齢層を取り込まないとベストセラーは難しい。

青木　要は、おっさんたちですか。

中村　ええ。でも結局、ジャンク文化というのは、やはり人を刺激するんですね。自分たちは素晴らしいとか、日本人であるだけで立派だとか、韓国や中国はダメだとか、そういったものは人の動物的本能を刺激する。それに反対することを書くと、今度は説教くさくなってしまう。説教くさいものは売れないんです。売るには、やはり誰かを感情的に攻撃するということになりがちです。つまり、リベラル側はそれだけで不利ですよね。真っ当なことを書いても面白くない。この点における出版の危機というのは、まさにおっしゃる通りだと思います。

青木　ではどうするか。

中村　ええ。そこを今後もどうしていくかをずっと考えていて、いま連載している新聞小説なんですが、融和ということをもう少し考えてみようかと。

変わりたくない人が多いから、改憲は無理

青木　中村さんは現在、東京新聞や北海道新聞、西日本新聞などで『逃亡者』という作品を連載中ですね。融和について考えるというのは？

中村　これまでとはまた違う、融和的で美しい物語を目指しています。これがひとつの答えになるといいんですが。

青木　融和的な美しい物語というと、つまり他者を攻撃して溜飲を下げたりする。まさにジャンク文化にはまっているような人たちに向けて、別のアプローチでメッセージを発していこうということですか。

中村　そうですね。要は、全部書いちゃうんです。ジャンク文化がなぜジャンクなのかを丁寧に説明し、そういうことを言うと説教くさく感じる人もいるから、相手が考えることも先読み

して、すべてを書き切ってしまう。その上で、ではリベラルが正しいのかと言えば、それだけでもないと。昨年、ファティ・アキンというドイツの映画監督とお話しする機会があったんです。トルコ系のドイツ人なんですが、リベラルな監督で。

青木 若くしてカンヌ、ベネチア、ベルリンの世界3大映画祭で受賞歴のある名匠ですね。

中村 ええ。彼が言っていたのは、ヨーロッパでわれわれは急ぎすぎた、リベラルなことを言うのを急ぎすぎたと。だからこれからは伝え方を考えていかなきゃいけないと彼は言っていて。その辺も少し意識しながら、保守とリベラル、権威主義とリベラルの対立ではなく、そもそも人間としてどうなのか、そういったアプローチでいま一所懸命やっているんですが、果たしてうまくいくかどうか。

青木 それは楽しみです。ところで、そのヨーロッパにせよ、アメリカにせよ、世界中で巻き起こっている排外主義、極右やポピュリズムの台頭は、政治や経済のシステムに起因するところも大きいでしょう。新自由主義やグローバリズムによる格差拡大や中間層の没落、あるいは移民の増加による異文化との摩擦であったりということが世界中で起き、ある意味で本能的な拒否反応のようなものがあって、既存の権威や政治不信が極右やポピュリズムの台頭につながっています。

一方で日本が非常に異質だと感じるのは、似たような排外主義が蔓延しているのに、政治的にはむしろ既存の古臭い権威にすがりついている点ではないですか。

中村　自信がないんでしょうね。また、変わるのが怖い。いまが良くないから変わりたいというのと、いまは良くないけれど、もっと悪くなるのが嫌だから変わりたくないというのがあって、現在の日本は後者なんでしょう。

だいたい政治家なんていうのはもともと悪いことをするんだから、別に仕方ない。いろいろなことを考えて問題を追及するのはストレスだから、もう考えたくもない。大丈夫、大丈夫、抱っこしましょうね、よちよち、あっ、二本足で立った〜！　という方向になっているんでしょうね。いや、お子さんの成長は素晴らしいことですよ（笑）。でも何というか、さすがに内向き過ぎるというか。なのに虐待が増えているというのもまた闇が深い。

だから改憲は無理でしょうね。実は変わりたくないという人が多いので、そこは変わらないんじゃないかとは思っています。

でもやっぱり僕は危惧もしていて。この上に憲法まで変われば、自衛隊は本格的に米軍の二軍になってしまう。それは第二次世界大戦の日本よりミジメだと思います。だから今年いっぱいぐらいかと思うんですが、これについてはいろいろ発言していかなければいけないと、いまは思っています。

青木　最後にもうひとつ、中村さんの世代感覚からうかがいたいんですが、半径5メートルの幸せだけを考え、見たくないものは見ず、現状を変えたくないという風潮があるという指摘は非常によくわかるのですが、そうしているうちに日本社会もどんどんと階層化が進んでいますね。政権を担っている政治家なんてもはや二世、三世だらけで、まるで貴族政治、封建政治かと見紛うようなありさまです。

同時に持つ者と持たざる者の格差は広がり、子どもや若年層の貧困率は上昇している。古臭い言葉で言えば、階級的な対立というのは今後、湧いてこないものでしょうか。

中村　それがですね、おそらく日本人はプライドがものすごく高いので、自分が虐げられていると思いたくないんですね。つまり、自分たちは低階層じゃないと思いたい。たとえ食えていると言っても、楽しくは食えていない状況であっても楽しいんだと、プライドが高いからそう言うんです。

階級の対立って、自分たちが虐げられているという自覚がないと起こらない。プライドが高くて、虐げられていると思いたくなくて、逆に自分たちよりも下の存在を見つけて、あいつらよりはマシだと考える。これから外国人労働者の受け入れを拡大すれば、格好の的になるんじゃないですか。自分たちよりも下と思える存在を見つけ、精神のバランスを取る。こういうと本当に最悪な国だけど、でもそれが実態だと思います。

いつの間にこうなっちゃったのかなとも考えるのですが、現実に多くの人は、自分を恵まれていないとは思っていないでしょう。むしろ恵まれた側にいると思いつづけたい。いまは給料が低いけど、アベノミクスの成果だかなんだか知らないけれど、いつか上がっていくと思っている。

年金がもらえないかもしれないっていうのも、本来は「そんなバカな！」と怒るべきなのに、怒るのがちょっと格好悪い気がするから、自分の責任でやるしかないと考える。そんなのは自己責任だしねという自分、そんなふうに言えるオレって自立しててカッコいい、という……。で、実際に老人になったとき、本当にお金がなかったらどうするのかということは考えたくない。まさに正常性バイアスです。原発だって大丈夫だと思いたいし、考えるのが嫌なので、地震もないし爆発もしない。そう考える方が楽だから見ない。そういうことでしょう。

言うべきことを言う作家が少ない

青木　いずれも納得するお話ばかりですが、それにしても中村さんは、決して創作の世界だけに閉じこもらず、優れた作品を生み出しつつも言うべきことをきちんと言っている。冷静に考えれば、得なことなんて決してないのに……。

中村　面倒くさい方向に行ってる（笑）。

青木　でも、それだけ危機意識があるわけでしょう。

中村　そうですね。だいたい、言うべきことを言う作家が少ないんです。新聞などに登場するのもメンバーが限られていて、今度はこの人かと言うような感じで、まるで持ち回りみたいになっている。こんな状況じゃなく、みんなが言ってくれるなら、僕もときどきは言うかもしれませんが、これほどは発言していなかったかもしれません。

それにやっぱり、読者への裏切りだと思うんです。社会について僕が危機感を持っていなかったら、言う必要なんてない。でも、現実にマズいと感じ、この辺で止めておかないと大変なことになると思っていて言わないのは、それはビビって言わないということですよね。

それは読者への裏切りじゃないですか。そんなヤツが書いた本、面白いのかと思いますし、おびえて何も言わない、思っていることを言わない作家の本なんて、そんなものが面白いのかって、どうしても考えてしまうんです。

だから、面倒くさい方に行くのも仕方ない。大江健三郎さんやサルトルの影響を受けているというのもあるんですが、作家である以上、感じている言葉はきちんと伝えないと。それに、青木さんだってすごく珍しい存在ですよ。

青木　えっ？

中村　テレビにも出て、しっかりと発言している。いつも見ていると、このあたりがコードだろうな、というのを計算的に少し越えるじゃないですか、青木さん。うまいことやってるなと（笑）。

青木　そうかな（笑）。まあ、ヘイト的な方向にコードを越えるのは論外だけど、コードの内側に収まるようなことばっかり言っていても無意味だし、面白くないでしょう。少し真面目に言えば、文学でもジャーナリズムでも、活字でもテレビでも、このあたりが安全なコードだろうなというのはある。時にはそれを飛び越え、コードを押し広げなければ意味がないし、そうしたことの積み重ねが言論の自由の幅を広げていくと思ってますし。

中村　そう。だから青木さんはすごく貴重なんですよ。そういうジャーナリストの人だって、もはや限られていて、名前を挙げて数えられるくらいしかいない。でもやっぱり、一定数はいるんですよね、きちんとモノを言う人って。青木さんもそうだし、作家でも一定数はいる。

それがある意味で希望でもあるし、人間社会の不思議でもある。そこは救いです。とはいえ数少ないから、こうなってくるとお互いにちょっと励ましあっていかないとやっていられない。でないと辛すぎます(笑)。

青木　では今後、ぜひいろいろ助けあっていきましょう(笑)。

中村　そうですよ、ぜひ励ましあっていかないと、この業界は(笑)。

(2019年1月22日)

中村文則(なかむら・ふみのり)
1977年、愛知県東海市生まれ。小説家。福島大学行政社会学部、応用社会学科卒業。以後、作家になるまでフリーターを続ける。2002年、『銃』で第34回新潮新人賞を受賞してデビュー。2004年、『遮光』で第26回野間文芸新人賞を受賞。2005年、『土の中の子供』で第133回芥川賞を受賞。2010年、『掏摸(スリ)』で第4回大江健三郎賞を受賞。2012年、『掏摸(スリ)』の英訳版『THE THIEF』が、アメリカAmazonで、2012年3月のベスト10小説、「ウォール・ストリート・

ジャーナル」で、2012年のベスト10小説にそれぞれ選ばれる。2014年、ノワール小説への貢献により、アメリカでDavid L. Goodis賞を受賞。2016年、『私の消滅』で第26回ドゥマゴ文学賞受賞。著作は英語、仏語、中国語など15の言語に翻訳。その他の著書に『その先の道に消える』(朝日新聞出版)、『逃亡者』(幻冬舎)などがある。

第5章

田中均

いまは知性による抵抗のとき

田中均という外交官の現役時代を、記者として直接取材したことはない。ただ、知人の元外務官僚や外交担当記者らによれば、極めてプロフェッショナルな外務官僚であり、時には冷厳さすら感じさせるプラグマティストでもあったらしい。

だからこそ、北米局や総合政策局で日米連携体制の強化策などを取りまとめる一方、決して米国が歓迎しなかった日朝首脳会談を実現に導いて勇名を馳せたのだろう。醒めた眼でそれらを眺めれば、本来は「抵抗者」などというカテゴリーに分類すべき人物ではなく、メインストリームを歩く外交官として日本外交の中核を担い続けていてもおかしくなかった。

ところが、田中は一転して猛烈なバッシングにさらされた。理由は言うまでもなく日朝首脳会談。もちろん十全でない部分があったにせよ、間違いなく戦後日本の外交史に特筆すべき成果を挙げたというのに、会談を機に噴き上がった反北朝鮮ムードのなか、〝弱腰〟だとか〝秘密外交〟だとか、果ては〝売国〟などという罵りまでもが浴びせられ、ついには自宅に発火物まで仕掛けられた。

背後にあったのは戦後民主主義に対する一種のバックラッシュとしての皮相なナショナリズムであり、薄汚いヘイト臭漂う敵意であり、日本社会の内部に燻りつづけてきた差別意識ではなかったか、と私は考える。それらを政界で盛んに煽ったのが、当時は官房副長官だった安倍晋三である。

結果、それを最大の追い風に安倍は政界の階段を一気に駆け上った。そう考えれば日朝首脳会談はこの国の戦後史の大きな分水嶺となった。その立役者であり、奇妙で異常なバッシングにさらされた田中は、当時の会談と現状をどう考えているのか。戦後日本外交の歴史などと合わせ、聞きたいことを多数抱えて私は田中に会った。

青木　外交官として日朝首脳会談などを実現に導いた田中さんには、やはり外交を中心にうかがいます。戦後日本の外交について、現在の世界情勢も含めてどう映っていますか。

田中　いろいろな意味で大きな過渡期にきていると思います。戦後の折り返し点と言ってもいいかもしれませんが、外交という観点から見る時、戦後の日本外交を規定してきた要素は大きく二つあります。

まずは地域のパワーバランスです。これはやはりリアリズムであって、国と国との関係は力のバランスによって決まっていく面がある。もっとも大きいのは日本とアメリカと中国の力関係です。この3カ国の関係が、長い年月を経て大きく変化してきました。

歴史を振り返れば、日本が近代化するきっかけとなったペリー来航が1853年。それから約40年経って日清戦争（1894年）が起き、さらに約40年経って日中戦争（1937年）が起きた。そしてまた約40年後に日中が国交正常化し（1972年）、それから約40年経って中国は経済力で日本を追い越した（中国が名目GDP＝国内総生産で日本を抜いたのは2010年）。

つまり日本は近代化によって台頭し、中国本土に侵略し、アメリカに戦争で負けた。そして戦後に再び台頭する。これはまさに東西冷戦という枠組みの中、アメリカも日本の国際社会への復帰を望んだし、国家再建にも明らかに手を貸してくれた。一方の中国は2010年に日本を追い越し、世界2位の経済大国になったわけですが、それまでの間が日本にとって一番幸せな時代だったかもしれません。問題はこれからの40年です。

中国は今世紀半ばまでに「社会主義現代化強国」になるというコンセプトを習近平国家主席がつくり、世界を主導する大国になるんだと訴えています。それで過去の栄光を取り戻すんだと。これはまったく新しい時代で、中国の力がこの地域で圧倒的に強くなる。一方、日本の力は停滞していきます。人口も2050年には2500万人も減ると予想されています。

そこで問題となるのはアメリカです。アメリカという国は、やはり「民主主義強国」として存在していくでしょう。ただ、トランプ大統領のような指導者が登場して「アメリカ・ファースト」などと言い出した。日本としては、そういうアメリカとの関係をつくりつつ、中国も巻き込んでいかざるを得ない。

私自身は、中国と共存していかないような日本はあり得ないと思っています。日本の将来をリアリズムに基づいて考えれば、経済的に近隣諸国の需要を活用していくしか方法はない。貿易をとっても、旅行客をとっても、中国は日本にとって最大の相手国になっているわけだから、相互依存関係を大事にしていかざるを得ない。そうしないと日本は生きていけないのです。

これがまさに日本の最大の課題になっていくわけです。アメリカと安全保障面での抑止力をつくりながら、近隣諸国とどういう関係を築いていけるかが日本外交の課題になっている。これがまずリアリズムとしてのパワーバランスの変化であり、いままさに折り返し点というか、大きな過渡期にきている。これまでのように日本の力が大きかった時代から、日本の力が相対的に下がっていく時代です。

すべてがなし崩し的に行われているのが一番の問題

青木　では、戦後日本の外交を規定してきたもう一つの要素というのは？

田中　もう一つの要素は、戦後日本のアイデンティティです。戦後の日本は、かつての戦争に負け、平和憲法が制定され、過去の歴史を踏まえながら歩んできました。私が外務省にいたほとんどの期間というのは、日本が過去に犯した罪を認識し、過去の清算をしつつ、その上で建設的な関係を国際社会でつくっていこうというのが外交のアイデンティティだったわけです。

アメリカが日本の経済復興を望んだのは日本にとってラッキーでしたし、ある意味では戦争責任というのが曖昧にされました。日本自身がきちんと総括する機会はありませんでしたからね。極東裁判だって日本が総括したわけではない。

そういうなかで戦後日本は、それでも過去を振り返り、過去の清算を土台とし、建設的な関係を国際社会でつくるリベラルな態度を基軸に外交を展開してきた。各種の援助政策もそうですし、憲法に基づく安全保障政策もそうです。専守防衛というコンセプトの下、必要最小限の防衛力しか持たず、他国に脅威を与えない。憲法の平和主義は、日本のアイデンティティを支える基本でした。

それが明らかに変わってきました。これは安倍政権の役割が非常に大きいと思います。安倍さんは「戦後レジームからの脱却」と言っていますね。これは対外関係においても大きな変化をもたらしている。日本が主権国家として、過去はともかく、日本としての主張は主張として押し出していくということであって、安全保障の体制も変えていく。憲法の制約はもちろんあるわけですが、解釈を変え、より大きな〝蔵〟が建つということになってきた。

そうした時、私が一番大きな問題だと感じるのは、すべてがなし崩し的に行われているという点です。戦後日本のアイデンティティが変わり、大きな過渡期にきているのに、国内の法制や対外関係がなし崩し的に変えられている。これは現在の「安倍一強」という状況が国内の多様な議論を封じているからです。

私は、過渡期にあって日本がより強い意識で安保体制とか、周辺国との関係を変えていくことが悪いと言っているわけではない。世界も変わっているんだから、必要な場合は変えていかねばならないと思いますが、それが多様な議論のなかでなされるのではなく、強い権力の下でみんながそれになびいている。きちんとした議論をしない。危ういと思います。

最近の韓国との関係もそうです。売り言葉に買い言葉的な状況になっている。いわゆる慰安婦問題をめぐる2015年の日韓合意だって、国と国との約束を反故にするのはけしからん、と言われますが、あれは国と国との約束ではなく、政府と政府の約束です。国と国との約束にするなら、国会承認条約にしなければならない。平昌冬季オリンピックの開会式に首相が出席するかどうかも、慰安婦問題とリンクしたような形で議論されていますが、これは適切ではない。オリンピックというのは平和の祭典ですし、お隣の国が主催する開会式に日本の首相が出ていくのは当然だという基本的な姿勢、本質的な考えがあるべきでしょう。

青木　平昌オリンピックをめぐっては、北朝鮮の参加が五輪の政治利用だといった論調が日本メディアにありますが、慰安婦問題と絡めて開会式への出欠席を判断するのも一種の政治利用ですね。

田中　まったく政治利用です。何が国際社会の原則であり、何が日本外交の基本なのかを思い出すべきです。日本という国は他国を武力で制圧する国ではなく、互いにウィン・ウィンの外交関係をつくっていく。その際、相手には相手の国情があるわけです。それをよく理解した上で、互いにウィン・ウィンの状況をつくるべく緻密な外交を積みあげていかなければならないのに、最近は売り言葉に買い言葉、相手の言動に懲罰を与えるような外交になっている。相手の態度が気に入らなければ大使を召還し、理由の十分な説明もないまま元に戻したり。

サンフランシスコ市が市民団体の慰安婦像を受け入れた際、大阪市長が反発して、姉妹都市関係を解消すると言い出しましたね。いったい日本が拠って立つ基本はなんなのでしょうか。日本は平和国家として諸外国と地道にウィン・ウィンの関係をつくっていかねばならないのに、こういう態度を大都市のトップが平然と取る。しかもそれを許してしまうような雰囲気がある。それこそがいまの日本で非常に危険な雰囲気だと思うんです。

青木　まったく同感ですが、世界的にも類似の雰囲気は強まっていますね。トランプ大統領の登場もそうですし、ヨーロッパの各国でも極右勢力が勢いを増し、排外的な政治や言説が強まっています。

田中　アメリカとかヨーロッパでの現象はポピュリズムでしょう。グローバリゼーションなどの結果、富める者はより富み、貧しい者はより貧しくなった。勝者と敗者の差が大きくなってきた。そのフラストレーションが溜まり、既得政治勢力に向かったわけです。だから新しいポピュリズム的な政治家がフラストレーションを吸い上げ、権力につなげてきている。

日本の場合は、むしろナショナリズム的な色彩が強い。過去の問題で謝ってばかりいたというフラストレーションもある。本来であれば、ちょっと待てよと原点に戻り、日本の外交の本質は何かと問わなければいけないのに、それが問われず、けしからんとか悔しいとか、そういうフラストレーションで外交の姿勢がつくられていく。国会でも野党が野次を飛ばすと、権力者も野次を飛ばし返すという世界になってしまっている。

つまり、世界的な国力のバランスが変わってきたことと、日本外交のアイデンティティが変わってきたという過渡期を迎え、日本の外交の基本をもう一度、再構築しなければいけない時期にきているにもかかわらず、感情的に一方的な方向に進んでしまっている。このままだと、どこかでクラッシュしかねません。それが北朝鮮をめぐって起きるのかどうかはわかりませんが、非常に大きなリスクをはらんでいると思います。

いかに政権のしもべになるか、官僚の〝忖度〟の世界

青木　お話を聞いていて、いろいろなことをうかがいたくなりました。まずは安倍政権についてです。田中さんは外交官として数多くの政治家に仕え、一緒に仕事をしてきたと思いますが、安倍政権はなぜ「一強」と称されるような状況をつくりあげることができたとお考えですか。安倍首相は日朝首脳会談の際、官房副長官として対北朝鮮の最強硬派でしたね。

田中　安倍さんが首相になった直接のきっかけは北朝鮮問題での強い立場があったのではないでしょうか。

日朝首脳会談の際に日本は初めて、朝鮮半島との関係において加害者ではなく、被害者の立場になりました。それまでは日本が加害者として謝罪するのが基本だったけれど、日本人拉致問題で5人生存、8人死亡という情報が伝えられ、あの瞬間から日本は被害者として声を大にして叫ぶという感情の強い流れが生まれた。昨年（2017年）の総選挙では安倍さんが「国難」と訴えた。北朝鮮が乱暴な国で、ならず者なのは間違いないけれど、その存在を国内政治の力に変えていった。

さらには権力維持のための手法です。これは別に官僚だけではなく、経済界などとの関係でもそうですが、基本は人事です。人事権を完全に掌握することで、権力の維持を見事にはかっ

ている。

青木　やはり官僚にとって人事は大きいと。

田中　官僚というのは、さまざまな分野のプロフェッショナルです。ただ、上に昇っていかないと、自分の考えるミッションを果たすことがなかなかできない。官僚の多くも、特に使命感を持った人たちは、やはり偉くなって自分が目的とすることをやりたいという意識がある。それは別に悪いことではなく、そのためには誰かがフェアにプロフェッショナルとしての評価を定めないといけない。

ところが時の権力者がそれを定めることになると、官僚はそっちに気を取られ、仕事が〝前さばき〟になってしまう。自分のプロフェッショナリズムに基づいてこれが正しい、これが日本国のためだということではなく、いかに政権と近くなるか、いかに政権に忠実なしもべになるかという方向に行ってしまう。いわゆる〝忖度〟の世界です。

青木　安倍政権下では内閣人事局が絶大な力を持つに至り、中央省庁の幹部人事も官邸主導で決まっていますが、それこそが「政治主導」だという声もあります。

田中　ただ日本のような議院内閣制の場合、官僚は客観的な存在でなければいけない面もあります。アメリカは直接選挙で選ばれる大統領制の下で大統領の権限を担保すると同時に、連邦議会の権限も担保されている。大統領は自分の外交をやるためにいろいろなところから人を連れてきて、そういう人びとは大統領に忠誠を尽くす。そして議会と対峙していくという三権分立を旨とする統治体制です。

日本は基本的にイギリスと同じ議院内閣制です。議会の多数党が首相を送り出すから、官僚はそういう人たちに仕える存在としてフェアでなければならない。政権が変わっても、政治に左右されてはいけない部分がある。それを安倍政権が変えた。

経済界との関係もそうです。前の経団連の会長さんは安倍さんとの仲が悪かったと伝えられたが、現在のトップは安倍さんとの関係が良い。すると財界も政権に明確な意見を言わなくなってしまった。自民党もそう。派閥がそれぞれ多様な意見を持ち、領袖《りょうしゅう》が政権を争うというプロセスがなくなり、中央集権的になってしまった。それから残念なことに、野党が対立軸としての存在感を失った。これは野党の罪が重い。

さらに反省すべきはメディアです。視聴率を上げるとか、読者を増やすとか、より広告を取るといった観点からなのか、時の権力になびいてしまっている。メディアの果たすべき役割も崩れている。だから、ものの見事に「一強」体制がつくられたということでしょう。

青木　僕もメディアの片隅で生きてきた身ですから、田中さんの指摘は耳が痛い部分もあります。そのメディアについての話は最後にうかがうとして、プロフェッショナルとしての官僚の世界についてもう少し教えてください。外交官は少し特殊な立場ですが、昨今は官僚の世界がさまざまに注目されました。森友学園や加計学園の問題をめぐっては、財務省は徹底して政権に〝忠誠〟を尽くしました。他方、文部科学省では前川喜平さんのような元次官が現れた。どうご覧になりますか。

田中　私が外務省で現役の官僚だった頃、財務省の力というのは圧倒的でした。私が最後に仕えた総理大臣は小泉純一郎さんですが、やはり小泉さんも財務省に依存していました。統治体制内における財務省の役割はものすごく大きかったんです。財務省は財政の番人であり、財政赤字体質を変えなければならず、だから増税であり、歳出の削減だと訴える。これを政治が一生懸命に攻める、という図式の中で日本の政治は行われてきました。

ところがそれも安倍政権は変えた。いま、「官邸一強」というけれど、そのなかに入っているのは経済産業省です。経産省を使って財務省を抑えた。しかも政権にプラスになる人は徹底的に厚遇し、足を蹴飛ばすような人は徹底して冷遇する。これも一種の官僚操縦術としては正しくて、官僚はみんな横を見ているわけです。一つの省庁は他の省庁を見て、一つの省庁の中では幹部がどうやって決められていくかを見てしまう。そこに〝忖度〟の世界が生まれる。

日朝首脳会談をめぐって

青木　話を外交に戻せば、田中さんが準備を主導した2002年の日朝首脳会談は戦後日本の外交史に残る出来事でした。アメリカに付き従うだけになりがちだった日本の外交が、独自の動きで新しい地平を切り開いたと僕は評価してきました。拉致被害者の8人が死亡していたという北朝鮮側の通告は衝撃でしたが、とりあえずは5人の被害者が生還したのは大きな成果でしょう。金正日総書記に拉致を認めさせ、謝罪させたのも画期的です。
なのに、先ほど田中さんもおっしゃったように日本国内では北朝鮮への反発とともにナショナリズムが高まり、田中さんは猛烈なバッシングを受け自宅には発火物が仕掛けられました。そのバッシングの先頭に現在の安倍首相もいたわけです。
田中　私個人に対してのことをどうこう言うつもりはないんです。また、誰か個人のことをどうこう言うつもりもありません。私が安倍さんの立場だったら、同じような行動をしたかもしれませんから。
青木　というと？
田中　十分相談を受けなかったという憤りはあるでしょう。
青木　水面下で行われた日朝交渉のスキームから、当時の安倍官房副長官を外したと？
田中　私が意図的に外したわけではなく、当時の小泉総理の指示で一定の枠組みをつくり、問題を処理していく人を限定したわけです。結果として外された政治家が誰を攻撃の対象にするかといえば、同じ政治家である小泉総理ではなく、官房長官であった福田康夫さんでもない。まさに官僚である田中均を攻撃するのは、行動論理としてはよく分かるし、そういう意味では常識的な行動でしょう。それがフェアだとは思いませんが。
いずれにせよ私としては、やるべきことが邪魔されたのであれば声を大にして叫んだと思いますが、やらなければいけないと思ったことはまがりなりにもできました。小泉純一郎という総理大臣の力とともに行動を取り、結果をつくったということにすぎませんが。ただいま考えてみると、拉致被害者の方々が帰ってきた後、いったん向こう（北朝鮮）に戻すかどうかが議論になった時の問題はあったのかもしれません。

青木　当初の日朝の合意によれば、5人の被害者は帰国後、いったん北朝鮮に戻ることになっていましたね。しかし日本側は、拉致被害者の家族会や支援団体などの意向を受け、戻すのを拒否しました。一部では、田中さんがこれに反対したとも伝えられました。

田中　私は反対などと言っていません。戻さなかった場合にはこうなりますよ、ということを申しあげただけです。戻さないことを決めた際も、最後に小泉総理が「田中さん、これでいいですか」とおっしゃったので、「結構です」と申しあげました。

でも、あのときに「いや、ちょっと待ってください」「われわれが目指したのは、もっと大きな絵だったはずです」と言うべきだったかもしれない。あのまま日朝双方に連絡部署をつくり、核問題も六者協議でやっていくことなどで基本的には北朝鮮側と合意していたんです。その主導権を日本が取っていくとか、物事を大きくつくっていく余地だってありました。

ですから小泉首相や福田官房長官を説得して、「ちょっと待ってください」と申しあげることができたかもしれない。しかし、それをやるのは一種のポピュリズムを断ち切るという作業です。あのときに安倍さんたちがつくった「北朝鮮けしからん」という風潮にあえて逆らうことができたか、という問題です。

青木　日朝首脳会談からしばらく経ったころ、僕は田中さんに長時間のインタビューをしました。その際のお話が非常に印象に残っています。北朝鮮の絶対権力者である金正日総書記がなぜ、日本人拉致を認めて謝罪し、一部とはいえ被害者を帰国させる決断に踏み切ったか。田中さんがおっしゃったのは、概略次のようなお話でした。

外交というのは、戦争によって相手を屈服でもさせない限り、互いに得があるという妥協点を見出さないと前進しない。では、北朝鮮との間ではどうか。単に拉致被害者を返せと訴えるだけでは突破口が開けないし、拉致という犯罪行為に対価を与えることもできない。

ただ、もっと大きな絵を描いて日朝関係を眺めれば、日本は北朝鮮との間でいまだに戦後処理が終わっていない。北朝鮮はいろいろな意味で問題ある体制だけれど、日本にもそういう面では負い目があり、日本との国交正常化に向けた歩みを進めれば、かつての韓国と同様、いずれは北朝鮮にも非常に大きな利得がある。一方の日本にとってみれば、そこに至るには拉致問題などの解決が欠かせない。核やミサイル問題も乗り越えなければならない。ならば、なんとかそれを乗り越えようと北朝鮮側に持ちかけた。まさにウィン・ウィンです。

だからこそ、金正日総書記が拉致を認めて謝罪し、一部とはいえ被害者の帰国に応じたのだと田中さんはおっしゃった。僕はこれこそが外交だったと思います。逆に言えば、金正日政権は当時、本気で日朝関係を改善しようという意欲もあった。ただ、現在はどうですか。ひたすら圧力をかけ続ければ、いずれ北朝鮮が屈して態度を変えてくる、というのが日米政権の態度です。外交的に大きな絵を描いているようにも、出口戦略を持っているようにも見えません。

田中　すべての国の政権が国内政治、つまり国内における自己の立場の保全のために北朝鮮問題を使う雰囲気がなくはありません。アメリカではトランプ政権の立場がどんどん揺らぎ、国内での減税政策などと同様、対外的には北朝鮮に対して打って出る、ということも考えられる状況です。韓国はまさに、現政権が民主党的なアイデンティティを追求しようとしている。

安倍政権にとっては、北朝鮮問題は明らかに〝成功ストーリー〟です。これまでも圧力だ、圧力だと強い立場をとり、国内向けにもそれをアピールしています。

青木　今年（2016年）最初の外遊では、首相が東欧諸国を歴訪して北朝鮮への圧力路線を訴えてきた、と報じられましたね。

田中　非常にリスクが大きいと思います。また、圧力だ圧力だと強調するほど、たとえば南北の対話とか、トランプ政権が対話を否定しないと言い出したとき、そういうところにアジャストしていく柔軟性が「一強」体制の中で欠けてしまっています。

もちろん、安倍さんの方法というのが100％否定されるわけではありません。外交を国内政治のために使うのは、どんな政治家だって同じです。

橋本龍太郎さんのときは普天間飛行場（沖縄県宜野湾市にある米海兵隊基地）の返還合意で支持率が大きく上がった。小泉さんの訪朝もそうです。支持率を上げるため、国にとって間違ったことをやるのはあり得ませんが、国家のために利益になることで支持率を上げていくのが悪いと私はまったく思わないし、それが政治力を生む源泉でもある。逆に国内政治を活用しながら対外政策をつくっていかないと、強い対外政策にならないということもあるので、安倍さんが国内を見ながら対外関係をつくること自体を否定すべきではありませんが、間違った方向に行くと怖い。現在はそれを是正する仕組みがないという点が最大の問題です。

突き詰めれば、知性と反知性の激しいせめぎ合い

青木　冒頭に田中さんは、世界がいま過渡期を迎え、各国のパワーバランスが変わってきたと指摘されました。そこに多くの人が不安を抱いていると思います。アメリカという国は、世界で一番戦争をしてきたという暗い面を持ちつつ、一方では民主主義、自由、人権といった普遍的価値を旗印に世界の覇権国となってきたわけです。ところが中国の台頭などで、その力が相対的に弱まっていく。しかもトランプ大統領のようなリーダーが登場し、普遍的価値すら揺らぎ始めてしまっているように見える。

他方で新たな覇権国家になると訴える中国は、あれを社会主義とか共産主義と呼ぶかどうかはともかく、いまなお共産党の一党独裁を堅持しています。果たして世界の今後はどうなっていってしまうのか。ひょっとすると民主主義や自由、人権といったものは普遍的価値ではなく

なってしまうんじゃないか。僕もそうですが、そういう点で中国の台頭に不安や懸念を覚える人は多いでしょう。

田中　繁栄した存在として国を統治していくために、どういうツールを使っていくのが良いのか。いわゆる社会主義体制と複数政党による統治体制のどちらがいいのか。共産党一党独裁体制というのは、要するに上から下にボーンと命じるわけだから、変革の際のディシジョン（判断、意思決定）は早い。経済運営などでは思い切ったことができる。だから国の統治体制としてどちらがいいかといえば、場合によっては中国のような体制の方が繁栄する余地があるかもしれない。現に過去10年はそうだった。

ところが、それで失うものもある。共産党批判をすれば牢屋に入れられ、言論表現や集会の自由といった権利が保全されず、権力にも法による統治という概念が薄い。政府に都合の悪いインターネットの検索すら許さない。現在の中国ではスマートフォンなどによる電子決済が急激に広まっていますが、電子決済は個人情報が当局に筒抜けです。個人情報保護という概念も中国は薄いから、強烈な管理社会になっていく。果たしてそういう統治体制がいいのか、という価値判断が迫られるわけです。

他方、アメリカ的な民主主義体制においては、経済は自由な市場を基本とします。その下で、リーマンショックなどでも明らかになりましたが、貧富の不均衡をどんどん大きくしてしまう。これを是正する仕組みの一つが再配分ですが、そういう社会民主主義的な要素も入れていかなければならないという反省も出ている。

さらに言えば、自由、自由と言うけれども、権力が「一強」のようになった時、あるいはトランプ大統領のようなリーダーが現れた時、これまで尊重されてきた価値が壊されてはいないか。つまり自由も形ばかりであって、本質は強権によってしわ寄せを受けているんじゃないかという点で、中国と変わりない面があるという議論もできます。

つまり絶対的なものはないと私は考えますが、やはり中国は変わっていかなければならないし、法による支配とか個人の自由を大切にしていかない限り、経済的繁栄もどこかで矛盾が出てくるでしょう。日本だって、アメリカだって、統治体制は改善・改革していかなければいけないんです。なのにアメリカのトランプ政権は、反対の方向に行っている。

突き詰めれば、知性と反知性の激しいせめぎ合いではないでしょうか。アメリカでもそうだし、イギリスをはじめとするヨーロッパもそう。反知性的な動きに対し、知性がどれほど抗がえるか。人間にとって幸せな世界をつくるというのは、感情ではなく、知性がなせる業だと私は思う。アメリカではトランプ大統領の岩盤支持層が37%もあると言われるけれど、知性による激しい抵抗がいま起こっている。日本でもそれを起こしてほしい。プロフェッショナリズムとか知性による対抗をしてもらいたいと思います。

青木　まったく同感です。もう一つ、今度は日米関係についてですが、田中さんは外交官時代、いわゆる周辺事態法の作成などにも関わられましたね。米軍に対する自衛隊の後方支援を合法化し、日本の領土外で活動することを可能にしたと批判もありました。
当時もそうだし、戦後一貫してそうだったかもしれませんが、日本の安全保障体制はひたすらアメリカ追従です。先ほど田中さんがおっしゃったように、現政権は「戦後レジームからの脱却」を掲げましたが、究極の戦後レジームとは日米関係ではないか、と僕などは思います。そうした中、安保法制などで政権はますますアメリカへの追従強化に突き進んでいる。どうお考えですか。

田中 日本にとって何がもっとも望ましい体制かというところから議論をはじめるべきだと思うんです。日本という国が独自の防衛力、国防力、核兵器を含めて、世界で3番目の経済大国にふさわしいような軍備を持つべきなのか。日本の周辺に核保有国があって、決して民主的ではない国も多いという要素も踏まえ、日本が独自の防衛力を持って生きていくべきだという議論だってあるかもしれません。
一方でリアリズムの世界、戦後70年で築いてきた日本のアイデンティティなどを考えれば、その選択肢はない。それほど軍備に予算を使い、攻撃的な装備を保有すれば、地域に大きな摩擦を生むのは否定できない。決して幸せな生き方にはならないから、やはりその選択肢はあり得ない。

いまこそステーツマンシップが問われている

田中　すると日本にとっては、アメリカとの安全保障体制を維持し、より建設的なアメリカになるよう働きかけていくのが最善ということになります。同盟関係というのは日本がアメリカの言うことを一方的に聞かなければならないという世界ではない。

われわれが小泉首相の訪朝に踏み切ったとき、やはりアメリカは強く反対しました。しかし、同盟国としてアメリカの利益は決して阻害せず、日本には日本の利益があるからやらせてもらうと主張し、アメリカが理解した。日本としての考えや利益があればアメリカを説得し、アメリカが了解した上で行動するのが一番望ましい。むしろ日本は積極的にそういう行動をしなければいけない。

ところがいまは、トランプ政権と仲良くしておけば日本に不都合なこと、不利益なことをしないんじゃないか、だからとにかく仲良くしておこう、というところで止まっているのではないでしょうか。

トランプ政権のアメリカが国際社会の中でどれだけプラスの作用を働かせているか、むしろマイナスではないかと世界は見ているわけです。たとえば環境問題であるとか、核不拡散の問題であるとか、テロ防止や人種間の和解の問題もそうです。トランプ政権はリーダーシップを放棄している。

アメリカのリーダーシップがなくなれば、求心力がなくなり、世界はばらけていく。力の空白ができる。それは日本にとって好ましくない。ならば同盟国であり、親しい国である日本の役割は、アメリカに物申すということでなければならない。これはステーツマンシップ（政治家精神）の問題です。いまほどステーツマンシップが日本にとって大事な時はないと思います。


青木 あえて反論というか、田中さんに問うとすれば、トランプ大統領と安倍首相の関係を見ていると、ブッシュ大統領と小泉首相の当時を思い出す面もあります。小泉首相もブッシュ大統領との親密さを誇示していました。

そのブッシュ政権が突き進んだイラク戦争は、当時も世界から批判されましたが、いまになってみれば最悪の失敗だったとアメリカ国民の多くも認識しています。大量破壊兵器など存在しなかったし、おびただしい数の人々が死傷し、いわゆるイスラム国の台頭など、その後の世界に及ぼした被害、傷跡たるや、取り返しがつかないほどの大罪でしょう。

あのときも日本は、イギリスなどもそうですが、きちんとノーを言わなかった。日本にイラク戦を制止するほどの力があったかはともかく、ノーの意思表示すらしなかった。ならば安倍政権だけを否定できません。

田中 当時、小泉首相がテキサス州クロフォードにあるブッシュ大統領の私邸を訪ねて、1日半もかけて首脳会談をやりました（2003年5月）。私はその現場にいましたが、小泉さんは終始一貫、とにかく国連から権威を取りつけなさいと滔々《とうとう》と話していました。

青木　ブッシュ大統領に？

田中　ええ。それに対してブッシュ大統領が言ったのは、フランスはああいうゴーリズム（ドゴール主義。フランスの独自路線を評する言葉）の国だから許せると。ただ、ドイツは許せないと。ドイツは当時のシュレーダー首相がイラク戦争に反対したわけですが、ずっとアメリカに寄り添ってきたのにいったいなんだと。そういうことをブッシュ大統領は小泉首相に言うわけです。

　これに対して小泉首相は、ちょっと待てよと。アメリカが力を持った国なのは間違いないけれど、アメリカとして権威を持っているかといえばそうじゃないと。日本国内もそうで、江戸時代には将軍家と天皇家の役割分担があって、天皇の権威の下で統治が行われたと。いまの国際社会を見れば、その権威となるのは唯一、国連じゃないかと。だからもしやるなら、国連の権威を取りつけてからやりなさいと。そういうことを滔々と言いました。

　だからブッシュ政権も国連の決議を取りつけようとしたわけです。結果的にはそれができないまま開戦に踏み切ったというのが顛末ですが、決して日本が言わなかったわけではない。ただ、同盟国との話は外に出すと、しばしば反対の方向に受け取られてしまう。あの首脳会談の際、小泉首相が徹頭徹尾、国連の決議を取れと言ったという話を記者へのブリーフィング（説明）で明かしたら、どうにもならなくなってしまう。

青木　ええ。もし僕が取材記者だったら「小泉首相がイラク戦争に強い懸念」「国連決議が条件」と書くでしょう。

田中　そういうことになりますね。だから非常にデリケートな部分がある。安倍さんだってトランプ大統領とそういう話をしているかもしれない。大統領を諌めているかもしれないし、外に出していないだけかもしれない。

逆に時間はわれわれのほうにある

青木　そうした中、いま誰もが懸念しているのは北朝鮮をめぐる情勢です。万が一にも軍事行動などは避けるべきですし、日本は本来、そのための外交努力を尽くすべきだと思いますが、一方で米朝が日本などの頭越しに協議し始めてしまう可能性はありませんか。ひょっとすると北朝鮮の核をなんらかの形で容認してしまうのではないか。与党の議員などと話していると、実はそれを強く懸念している声が聞こえてきます。

田中　アメリカが北朝鮮の核を容認することはないでしょう。米朝が協議をやり始めるというのはあるかもしれませんが、米朝がやり始めて、いい結果をつくってくれるのであれば、それでもいいではないですか。もし米朝でやって、北朝鮮が核は放棄しますという結果をつくってくれれば、それに越したことはない。ただし後始末は、以前と同じように日本や韓国が担わなければなりませんが。

青木　1994年の核危機で米朝が枠組み合意に至った際も、北朝鮮に提供する軽水炉の費用などを日韓が負担しましたね。

田中　米国も重油の費用を分担しました。北朝鮮の核を容認するのは、国際社会で持たない議論になりつつあります。中国だって、北朝鮮が核を持つのは具合が悪い。現在の金正恩体制は著しく不透明だし、何をやりだすかわからない。仮に核を容認すれば、また核の脅しを使って行動していくことになるので、それでは何の解決にもならないことはアメリカもよくわかっているでしょう。

経済制裁について言えば、過去の制裁はあまり利いていなかった。中国やロシアに抜け道があって、制裁を受けても助けてくれる。現に中国にも助けるインセンティブがあった。しかしいま、中国は変わった。やはり北朝鮮をこのまま放置するわけにはいかないと。核を持ったままでは生き残れない状況をつくる方向に変わってきている。だから中朝国境近くに難民施設をつくったり、そういうメッセージを送っているわけです。

以前は、私たちはこう考えていました。時間が経過すれば北朝鮮は核とミサイルを完成させてしまうから、一刻も早く止めなければいけないと。われわれには時間がなく、彼らにはあると思っていた。

ところが、もはや完成が近づいている。すると、逆に時間はわれわれにあるんじゃないか。焦って手を打たないと北朝鮮が核を完成させてしまうという行動様式ではなく、制裁が本当に利くまで待とうじゃないかということもできる。

ただ、本当に制裁が利いた時、北朝鮮は崩壊するかもしれない。想定外の有事が起きてしまうかもしれない。あるいは北朝鮮が参ったと言って出てきたとき、きちんと交渉の枠組みを準備しておかなければいけない。いろいろなことを配慮した行動をしなければいけないんです。単純な感情に任せ、制裁だ、圧力だ、緩めちゃいかんの一点張りというのは、私はあまり正しいとは思っていません。むしろ危険です。

青木　では最後にメディアの問題です（笑）。言うまでもなく権力をチェックするのはメディアの役目ですが、先ほど田中さんが指摘されたように、最近の大手メディアが権力になびきがちになっているのは事実です。それが「一強」体制を支えてしまっているというのもまったく同感です。

そうしたなか、読売新聞の惨状が特に目を引くと個人的には感じます。産経新聞は昔からあんな調子ですが（笑）、最大部数を発行して系列のテレビなども擁する読売は、かつてもう少し是々非々の迫力がありました。なのに、このところ完全に政権べったりです。

田中　そうですね。だけど、読売だけじゃありませんよ。私に言わせれば、読売・朝日問題かもしれない。

青木　というと？

田中　ふたつの新聞とも、すべての面において自らの意見を開陳しなければいけないという傾向が強すぎて、ものごとを客観的に捉えようという姿勢が欠如しています。要するに右と左に分かれ、自分たちはその一方の代弁者だという意識が強すぎるから、全部そういう方向で見出しをつくり、そういう方向へと論陣を張る。正確にバランスをとって報道しようという姿勢がなければなりません。

（２０１８年1月17日）

田中均（たなか・ひとし）
１９４７年生まれ。１９６９年に京都大学法学部卒業後、外務省入省。北米局北米二課長、アジア局北東アジア課長、在連合王国日本国大使館公使、総合外交政策局総務課長、北米局審議官、在サンフランシスコ日本国総領事館総領事、経済局長、アジア大洋州局長、政務担当外務審議官などを歴任。局長時代に北朝鮮と水面下で交渉を進め２００２年9月に小泉純一郎首相（当時）の訪朝が実現した。05年8月退官、同年9月より（公財）日本国際交流センターシニア・フェロー、２００６年より２０１８年まで東京大学公共政策大学院客員教授を兼務。２０１０年10月に（株）日本総合研究所　国際戦略研究所理事長に就任。オックスフォード大学より学士号・修士号（哲学・政治・経済）取得。著書に『国家と外交』（田原総一朗と共著・講談社）、『外交の力』（日本経済新聞出版社）、『プロフェッショナルの交渉力』（講談社）、『日本外交の挑戦』（角川新書）、『見えない戦争』（中公新書ラクレ）等がある。

第6章

梁石日

潜在化した差別が噴き出す危険性

梁石日という作家には若いころからかなり影響を受けた。事実上のデビュー作として１９８１年に発表された『タクシー狂躁曲』などを初めて読んだのは学生時代だったと記憶するが、これを原作にした映画『月はどっちに出ている』も観たし、98年に発表されて代表作となった『血と骨』といった作品群にも、ひとりの読者として深い感慨を抱きつつ接した。

正直に告白すれば、まさに血の滴るような文章表現や作品内容から、それまで私が抱いていた在日コリアン像がいかに陳腐で、薄っぺらなものだったかを知らされた。生々しくもたくましく、したたかに生きる在日コリアンらを主人公に据え、しかもこれほど秀逸なエンターテインメントに昇華させた作家は、梁石日のほかに見当たらない。あえて在日文学という言葉を使うなら、最高峰のひとりであることに異議を唱える評論家はいないだろう。

だから『熱風』の連載対談では、私の希望でかなり初期に会って話を訊いた。当時すでに80歳近かったから、足腰はかなり弱り、インタビュー場所の喫茶店に姿を現した際は担当編集者の介添えも受けていた。ただ、記憶や言葉に乱れや濁りは一切なく、私は訊きたかったことを遠慮なく訊き、梁石日も縦横に想いを語ってくれた。

畢竟、話題は多岐に及んだ。戦後日本と朝鮮半島の関係について。いまなお分断されたままの〝祖国〟について。日本社会のなかに常に沈殿し、時に噴出する差別について。そうした日本で生まれ、育ち、暮らしている在日コリアンの想いと内実、葛藤について……。

以下にまとめた証言は、70年以上を経過したこの国の戦後と現在の問題点を、傑出した在日作家という視点から深々と掘り起こした貴重な記録である。

日韓関係はそう簡単にはいかないと思う

青木　今年（２０１５年）は戦後70年ですが、朝鮮半島から見れば植民地支配からの解放70年であり、１９６５年に日本と韓国が国交を正常化させてから50年の節目にもあたります。他方、日本と北朝鮮はいまだ国交すら結べず、それ以前に戦後処理すら終わらず、緊張状態が続いていますね。

そうした70年目の日本と朝鮮半島の現状について、作家であり、在日コリアンである梁石日《ヤンソギル》さんにお話をうかがいたいです。まずは日韓関係について、どう捉えていらっしゃいますか。

梁　朴（槿恵）大統領は、安倍首相に対して、相当に生理的な反発があると思う。首相の側も積極的に彼女に会おうとか、そういうのもあまり見られない。でも、どちらかというと、やはり女性ですから、生理的な反発が強いんでしょう。

青木　生理的な反発というと？

梁　男と女の違いじゃないかと思うんだけども、安倍のようなタイプはあんまり好きじゃないんじゃない？（笑）。

青木　男の僕もあまり好きじゃありませんけれども（笑）、安倍首相の話をされたので、予定を変えて最初に日本のことをうかがいたくなりました。

最近は在日コリアンと呼ぶことが多くなりましたが、いわゆる在日韓国・朝鮮人の方々は戦後、日本で暮らしながら一貫して差別を受けてきたわけですが、最近は街角などで愚劣な差別言辞、ヘイトスピーチなどをがなり立てる連中まで出現しています。全般的に見れば、就職や就学、経済的な面での苛烈な差別は多少改善される一方、ある意味では先鋭的というか、露骨な形での差別が噴出しているとも言えます。そうした日本の現状をどうご覧になっていますか。

梁 差別というのは潜在化しますからね。表に出てきていない分、内部に潜っているというか、絶えず潜在化していると僕は思っている。ですから、これは何かの形で、何かがあればどこかでドカンと噴き出してくるんじゃないかという危惧みたいなものは常にありますよ。

青木 差別心というのは、人間の業みたいなものでもありますね。どうしたってなくなることはない。

梁 僕はそれをもちろん、文士的に否定しますけれどもね。差別なんていうものはね。

青木 まったくそうです。しかしなくならない。折に触れて噴き出してしまう。

梁 否定はしますけれども、なくならないんじゃないかなあ。ある意味、差別することによって自分の存在をキープしているような人たちもいますから。しかもそれは支配の道具にも使われる。

それと、日韓関係はそう簡単にはいかないと思うな。最近も民団（在日本大韓民国民団）の人たちとか、それから総連（朝鮮総聯＝在日本朝鮮人総聯合会）関係の人たちにも会ったりしているんですが、やはり安倍政権に対しては相当に生理的な反発を持っている。それに、民団と総連の対立も根強い。

青木　いまもそうですか。

梁　ダメですね。いまだに私の知っている家族なんかも、たとえば親父と息子が違う。親父は民団系だけど、息子は総連系で、全然ダメ。在日コリアンのいまの状況を反映していると思うんですよね。

青木　在日社会も南北に分断され、いまも和解できないと。

梁　やっぱりできないですよ、なかなか。

青木　なぜだとお考えですか。

梁　総連を支持するということは、あの北のような政権を支持することになるから、信念という言い方はおかしいんだけども、そういう強い意志みたいなものを持っているわけです。韓国系の人もそういうところあるからね。だいたい朝鮮人はそういう傾向が強いから、なかなか打ち解けて、ラフにやろうよ、みたいな話にはならないですよ。

金日成体制に対して反発みたいなものが生まれてきた

青木　梁さんご自身は、いまの北朝鮮の体制をどう捉えていますか。

梁　ああいう体制は大嫌い（笑）。

青木　それも同感です（笑）。ただ、現状ではそうでしょうが、僕らよりもちょっと前の世代、たとえば梁さんの世代はご存じでしょうけれど、かつては北朝鮮の方が真っ当だという認識がかなり共有されていましたね。もちろん社会主義や共産主義に対する憧憬もあったろうし、日本の植民地支配の清算に関しては、北朝鮮の方が明確に打ち出したのも事実でした。
　他方、韓国は軍事独裁であり、日本の植民地支配と地続きの面があり、アメリカの傀儡にすぎないのだと否定的に見られていた時代というのがあったわけです。今はまったく逆になってしまいましたが。
梁　ええ、そうです。特に金日成《キムイルソン》前首相に対して、ある種、万歳みたいなところがあった。僕の周囲の人たちも圧倒的に金日成万歳だったからね。一方の韓国はアメリカに従属していて、独立なんかしていないんだと。それと比べてみると、北朝鮮は金日成を指導者として一応独立したと。みんなそういうふうに思ったわけですよ。だから圧倒的に北朝鮮支持が多かった。
青木　梁さんはどうだったんですか。
梁　僕もやはり、当時は金日成主義みたいなものでしたよね。僕は総連の組織に属したことはないんですけれども、僕の周辺、友人とかはみんな総連系だったから。
青木　それについてこまごまと問いつめるつもりはないんですが、そういうかつての北朝鮮評価をどう総括されているんでしょうか。
梁　学生の頃は周囲の人間もみなそうだったし、僕なんかも、社会主義というのを、もうそれしかないと考えていた。ただ、だんだんわかってきたわけです。金日成体制というものが次第に絶対的な存在として確立していくなか、やはりある種の反発みたいなものが生まれてきた。たとえば1950年代から60年ぐらいまでの間、大阪に『ヂンダレ』という詩誌があったわけです。詩だけを載せている同人誌があった。そこに僕は所属していてね。

青木 金時鐘《キムシジヨン》さんが立ち上げた詩人集団の雑誌ですね。

梁 そう、金時鐘が主宰者だった。金時鐘は総連の活動家でもあった。ところが、その詩誌『ヂンダレ』で金時鐘が組織を批判しだすわけ。朝鮮総連をね。あからさまに総連を批判していく。ものすごい思い切った詩を書いてね。それで総連組織と対立していく。

金時鐘はその頃まで、まだ組織の一員だったんですよ。朝鮮学校の先生をやっていたりしてね。大阪支部の組織の一員だったり、活動家だったわけです。

ところが批判を始めた。なんで批判しだしたかというたら、中央からというか、総連の方針があるわけです。文芸部だったら文芸部の路線みたいなものがあって、その路線みたいなものをちゃんと踏まえた上で（詩を）書かなければならないというふうなことになるわけです。路線に従って書かされる。

だけど、その路線に従って書いた詩なんか読んでいたら、僕らにいわせると、とてもじゃないけど詩とはいえない。こんな詩、書けるわけねえなと。やはり詩というのはもっと自由なものであって、自由な発想と自由な言葉で紡ぐのが詩であるべきだから、こんなものはとてもじゃないけど書けないということになってきたわけです。それで金時鐘なんかが、総連組織を批判しだした。そうすると、やはり組織からにらまれます。

青木　政治思想の左右などとは関係なく、芸術というものは国家やら、体制やら、組織の論理やらといったものから徹底的に自由でなければ存在し得ませんからね。

梁　そうです。本来は最も自由であるべきものだから。それで金時鐘も組織を批判しだして、組織からも批判される。一時は「ヂンダレ論争」というのがあったんです。『ヂンダレ』にも載せていくし、組織も雑誌があるわけですから、そこにもまた批判が載って、ガンガンと批判される。その批判がそのうち共和国の雑誌にも載って、共和国でも批判されるようになってくる。本国の雑誌に批判されると、ちょっとやばいわけです（笑）。

それからは徹底的に『ヂンダレ』はにらまれて。特に金時鐘は敵対視されて、僕も当時、まだ若かったからね。20歳過ぎぐらいだったから、組織の人から「金時鐘とは離れた方がいいぞ」「まだ君には将来があるんだから」とか言われてね（笑）。

青木　すでにその時には、北朝鮮の体制や総連組織に対して強い違和感を覚えるようになっていたと。

梁　とてもじゃないけど肌に合わなかった。あんなプロパガンダ詩はね。ソ連のマヤコフスキーなんかが僕らと似た立場に思えた。一方、当時の日本の詩壇はどうだったかと言うと、日本の文学界というのは、戦後詩というのがすごく先行していたわけです。日本の文学をも誘導していたというか、非常に先導していて、いろいろな論争なんかも詩壇から始まっていた。
ですから、だんだん僕らも先鋭的になってきて、そういう影響をずいぶん受けるわけです。するととても総連系の連中らが書いている詩を読むと、とてもじゃないけどこいつらと一緒にやれないと。同じような詩なんか書けないという思いが強くなってくる。

青木 その少し後になるのでしょうが、韓国でも金芝河《キムジハ》が朴正熙《パクチョンヒ》体制に真っ向から抗う詩を発表して波紋を巻き起こしましたね。芸術という自由な営みを国家や体制が抑え込もうとする動きと、それに抗おうとする芸術家たちの胎動が各地で起きていたわけですね。

梁 金芝河もそうですよね。ちょうどみんな重なっているわけです、不思議なことに。時代というのはそういうものではないかと思うね。

日本と北朝鮮は国交を回復した方がいい

青木 プライベートなことで恐縮なんですが、梁さんはいまでも朝鮮籍ですか。

梁 僕はずっと朝鮮籍だったんです。でも、韓国籍に切り替えなあかんようになった。外国に時々行くようになってくると、（朝鮮籍だと）手続きが本当に煩雑で、面倒くさくて、それで韓国籍に切り替えたんです。もう20年ぐらいになるのかな。

青木 僕がいまさら解説するまでもありませんが、朝鮮籍というのは別に北朝鮮籍を意味するわけではありませんね。かつて日本人とされた朝鮮人が戦後は一方的に日本人ではないとされ、日本にいる朝鮮半島出身者は朝鮮籍とされました。そのうち朝鮮半島には韓国と北朝鮮が建国され、韓国籍に変えた者と朝鮮籍のままにした者とに分かれたわけです。

梁　そう。韓国籍というのはあとでできたわけですから。だけど一応、朝鮮籍の人は北朝鮮を支持している人が多かったわけです。

青木　それでも、朝鮮半島の分断を認めたくない、南も北も認めたくないという理由で朝鮮籍のままにしている方もいますよね。しかし、冷戦体制が終わって北朝鮮が国際的孤立を深めるなか、朝鮮籍のままだと外国渡航時に著しく不便だということで韓国籍に変える方も急増しました。そういう意味でも、在日コリアンは歴史と国家に翻弄されてきた感があります。

梁　そうですね。

青木　それでも韓国とは国交を回復して現在に至るわけですが、日本と北朝鮮はそこにすら至っていません。やはり国交は回復すべきだと思いますか。

梁　やはり(国交回復を)した方がいいと思うんだけどね。その方が北朝鮮も変わっていくんじゃないかなと思う。国交を回復し、北朝鮮と日本との間に人の交流というか、行き来が頻繁になれば、状況は変わってくるんじゃないかな。北朝鮮の人たちが日本の社会とか、在日の生活を知ることによって、だんだん変わってくるんじゃないかなと思うけどね。

青木　それにしても、つくづくと考えてしまうことがあります。僕はかつて通信社の特派員として韓国に駐在し、北朝鮮にも何度か取材で訪れたことがあるのですが、ヨーロッパでは敗戦国のドイツが分断され、長きにわたる苦しみの末に周辺国と和解し、統一を成し遂げ、現在に至っているわけですね。

他方、アジアでは敗戦国の日本が分断されず、ようやく植民地支配から解放された朝鮮半島が分断され、いまに至るも統一が果たされていない。それどころか戦後日本は朝鮮戦争で経済復興の足がかりを摑んだ。朝鮮半島の人びとの目から見れば、なんと不合理なことかと思われるでしょう。

梁　まあ、歴史の皮肉だよね。朝鮮戦争は日本の経済復興の絶好のチャンスだったから。朝鮮戦争の特需で日本は莫大な利益を得た。武器、弾薬、軍服から何から何まで、全部日本で作った。あの頃は、大阪なんかで中小企業を経営していた在日の親父たちも、朝鮮戦争で使う弾薬とか、そういうものを下請けで作っていたわけです。それであの当時、僕とか、金時鐘なんかが、そういうものを作っている生野（大阪市生野区）の零細企業にデモをかけて、工場へ乗り込んでいって、物を壊したりしてね。

青木　そんな運動もされていたんですか。確かに生野とか、東大阪あたりは中小企業の密集地であると同時に、在日コリアンの方々がたくさん居住していますからね。その在日の方々が武器や軍需物資の部品などを下請け製造し、同じ民族同士が殺し合う戦争に使われるというのは、とてつもない矛盾です。

梁　そうですよね。だけど、日本で暮らすためには金を儲けないと仕方ないという気持ちも働く。だから戦争が起きて特需に沸いているときは、この機会を逃すなというような考え方になってしまう。

青木　そうした矛盾に疑問や憤りを抱きながら日本で暮らしてきたと。

梁　そうね。僕なんかは日本生まれの日本育ちだしね。日本の教育をずっと受けてきているから、日本に対しては親近感が強いわけですよ。だけど、在日コリアンでもある。そして、在日コリアンというのは、いまの韓国であれ、北朝鮮であれ、本国の人たちとはかなり違う。どちらかというと、やはり日本人に近い。感性やものの考え方なんかもね。

だから僕らが韓国へ行って何日か過ごしても、あまり合わない。しっくりこない。僕は偏食だから、キムチも食べられない（笑）。日本人でもキムチ好きな人、結構いるからね。すごいキムチ食べるからね。

青木　ええ。確か日本で現在生産されている漬物類のトップはキムチのはずですよ。ぬか漬けでも、奈良漬けでも、浅漬けでもなくて、キムチが一番多い。焼き肉も大人気ですからね。

主体性は人間の根本的な問題で、国家などに属さない

梁　そんな日本で生まれて、育って、それこそ一生、たぶん死ぬまでいてると思うんだけども、

そういう時間を過ごしているわけですから、それはもう感性そのものが日本人的になっていますよね。もちろん朝鮮人、韓国人の感性とか、心情というのも強くある。あるんですけども、どちらかというと日本人的な感性なんかの方が強いんじゃないかなと思うね。

青木　敢えてうかがいますが、「だったら日本に帰化すればいいじゃないか」という人が結構いるわけです。なぜ韓国籍や朝鮮籍にこだわるのか、と。

梁　いるでしょうね。

青木　それについてはどう答えますか。

梁　それはその人の個人の問題だと思うんです。帰属意識というものが、自分は日本人ではないんだという人は、そう簡単には帰化しない。それは理屈抜きみたいなところがある。僕なんかもやはりそうですよ。理屈ではなくて、私は在日コリアンであるという意識は強い。感性はともかく、日本人であるという意識はどうしても持てない。

じゃあ、韓国人から見ればどうかというと、在日コリアンは日本人じゃないかといわれる。だから在日コリアンというのは、両方から差別されているんだけど（苦笑）。

青木　民族だけでもややこしいのに、これに国家というアイデンティティまで加わると、さらにややこしいですね。在日コリアンといっても韓国籍もいれば朝鮮籍もいるし、朝鮮籍といっても北朝鮮籍を意味しているわけじゃない。もともとの出身地、故郷にしても、現在の韓国地域の人もいれば、北朝鮮地域の人もいて、それがねじれている人なんていくらでもいます。

梁　でもまあ、国家というと韓国と北朝鮮ですよね。二つある。じゃあ、どっちに帰属しているのか、どっちを支持しているのかということを問われる。それだって、だんだん変わってきている。

私なんかの場合も、昔は北朝鮮支持、金日成支持みたいなところがあったわけですけど、北朝鮮のなりゆきを見ていると、やはり韓国の方が全然ましじゃないかと。『ヂンダレ』とか、そういう雑誌をやっていた頃から、すでにそういう意識が目覚めているというか、強かった。組織の連中はあまり信用できないみたいなところもあった。かといって民団はどうかというと、民団の連中も全然信用できない。どっちも信用できない。

だからよく言われましたよ。おまえらは浮き草みたいなもんやいうて。でも、違う。主体性というのは、国家なんかに所属しているものではなくて、人間の根本的な問題であって、国家とか、組織とか、そういうものに所属したり、従属したりしているものではないというふうに言ってきたんだけどね。

青木　おっしゃるとおりだと思います。国家とか、組織といったものに属することを当然視した瞬間、人間はしばしばロクでもないことを仕出かすわけですから。

梁　だいたい僕は、国家に対して根本的に非常な疑義があるからね。だから在日コリアンという存在は、そういうところに拠って立つのではなく物事を考える。そういう特性みたいなものができてきたのかもわからんですよね。どこにも所属しない、みたいなね。

青木　世代によっても少し違う面があるのではないですか。梁さんが『血と骨』で描いたお父さんの世代、在日一世の世代だと、想像を絶する極貧の中、差別も苛烈だったでしょう。二世になって状況は少し違ってくるでしょうし、三世や四世になっているいまは、たぶんもっと考え方が違ってくるんじゃないですか。

梁　そうですね。考え方とか、感性が全然違いますから。ただ私は、子どもたちは民族学校へ行かせたんです。母国語を学んで欲しかったものですから。

青木　梁さんご自身は、民族学校へ行かれていないんですか。

梁　行ってないんです。私の年代では、民族学校へ行った人はあまりいない。まだ（民族学校が）なかったわけですから。娘は中学校まで（民族学校に）行ったんです。高校は日本の高校へ行って、そのまま大学へ行った。息子は高校までは民族学校へ行ってるわけですが、卒業してもうずいぶんになって、あんまり関係ないみたいな感じやね（笑）。

青木　ご結婚されているんですか。

梁　いやいや、していないんです。

青木　もし日本人と結婚するといったら。

梁　別にそれは何人でもいいから、はよ結婚しろ言うて（笑）。

民族主義、国家主義みたいなものが頭をもたげている

青木　ところで、さきほどのお話がとても印象的でした。主体性というのは人間の根本的な問題であって、国家などに所属するものではないと。でも、どうなんでしょうか。最近は日本もそうだし、韓国も北朝鮮も、そして中国も、戦後70年を経ていずれも国家意識というか、ナショナリズムを鼓舞しているように見えます。国家意識を肥大化させ、対立が深化し、マイノリティなどを押しつぶしかねない雰囲気が強まっている。

梁　そうですね。またぞろ境界を引き始めているわけですから。境界を曖昧にしておくんではなくて、もっとはっきり、ここまではオレのものだ、みたいな意識が強くなってきていますよね。ある種の民族主義、国家主義みたいなものが頭をもたげてきているというか、そういう体質みたいなものが再び甦ってきているというか、そういう傾向はだんだん強くなってきていると思います。僕はやはり、それはちょっと危ないなという気はする。

だけど一方では、やはり非常に自由というか、そういうものをあまり意識せずに生きている人たちも多いんじゃないかな、一般的には。だからそういう境界線みたいなものが強くならないような生き方をした方がいいんじゃないかなと思うんです。

青木　冒頭で梁さんは、差別は絶えず潜在化していて、どこかの時点で噴き出すんじゃないか

という不安を口にされましたが、敵対感を互いに強めるなか、紛争や災害などが起きた場合に噴出するんじゃないかという不安はありませんか。たとえばかつての関東大震災のように。

梁　あり得ないことではないと思う。だけど、あの時代はまだまだ日本は閉鎖的だったし、朝鮮人に対してすごく差別的な社会でしたからね。現代はもっと別な形で何かが起こるような気もしますけどね。

要するに日本という国がどこまで変わったのか、ということ。まあ、僕は、ある意味では、すごく変わったと思うんです。なんだかんだいっても、やはり戦後民主主義というもののなかで育った人たちがいま、皆もう50歳以上になっているわけです。さらにその下の世代がいっぱいいるわけですから。そういう中で差別的な教育とかいうものはあまりないわけだから。

ただ一部に右翼連中はいる。そして問題は、やはり安倍政権のような存在です。組織の上層部の連中が右翼的な意識を持っていると、これは下の方に伝達され、影響していきますから。だけど、この時代、世界がみんな見ていますからね。

青木　そう好き勝手もできない。

梁　できないですよ、そう簡単には。

青木　これもあえてうかがうんですが、韓国との関係、中国もそうですけれど、日本人のなかにこんな意識も広がっていると思うんです。70年の間、何度も謝ったじゃないかと。なぜ韓国や中国はいつまでも同じことを求めるのかと。そうした潜在意識が安倍政権みたいなものを底支えしてしまっている面はないだろうか、と。梁さんはどんなふうに思っていますか。

梁　まあ、そうですね。謝り方にも問題があるとは思うんだけどね。じゃあ、どんな謝り方をすればいいんだというと、それは難しいけれど、やはり安倍政権のような政権が出てきているということ自体が、そういう問題を内包させているんじゃないかとも思うんです。そこに危うさを見る。

他方、中国にしても、やはり私はある種の危惧を感じるんです。中国はかつて日本軍に侵略された。やられている。その屈辱は中国人の遺伝子のなかに組み込まれているんじゃないかと思う。復讐ではないけれども、中国人の側にも、やる時はやってやるぞ、みたいな潜在意識があるんじゃないかという気がしたりするんです。

青木　つまり安倍政権と習近平政権という、ナショナリズムを煽りがちな両政権が状況を悪化させかねないと。

梁　だから外交が重要になる。よほどうまくやらないとね。

青木　そういう意味でいうと、朝鮮半島はその結節点に位置していて、常に翻弄されますね。一方に日本がいて、大陸に中国がいる。その外輪にはかつてのソ連、現在のロシアが控え、超大国アメリカの影響力も甚大です。日本が暴走すれば一番に被害を受けるし、中国が膨張主義に走っても直接的な影響を受ける。冷戦期には、米ソ対立の最前線にされてしまいました。

梁さんはまさにそこに出自を持ちつつ、日本で生まれ、日本で育ち、暮らしてきた。浮き草とおっしゃいましたけど、それが梁石日文学の原動力となった一方、朝鮮民族は常に周辺の大国に翻弄されつづけてきた面がある。

梁　一番割を食う。どっちに転んでも、なんかやられそうな感じだよね。だからそれをどうするかということですよ。問題はやはり日中。そして北朝鮮も非常に危ない。どうすれば北朝鮮のような体制を変えることができるのかということも大きな課題だと思います。

北朝鮮のような体制は、実際に戦争をやりかねない。ああいう体制というのは、国内が疲弊してきたり、何か問題が起こってきたりすると、国内の人民たちの目をそむけるために、外部に向かって事を起こしていくというふうなやり方をやる。いままでもそういう事例があるわけですから。そういうのが非常に怖い。

ひと言でいえば、絶対に戦争をやらんということに尽きます

青木　北朝鮮については、結局のところ故・金大中《キムデジュン》元大統領がやった南北対話路線を辛抱強く貫徹するしかないようにも思います。現在はすっかり色褪せてしまっているように見えますが、関係国が北朝鮮に積極的に関与し、交流しつつ、ゆっくりとではあっても変えていくという方法しか、僕はないように思うんですけど。

梁　そうね。それが一番妥当な方法ではないかと思います。やはり交流していくと、当然市場

は開放されていくわけだしね。自然にモノなどが流通するわけですから、どう見たって韓国の方が北朝鮮より豊か。その豊かなものというか、そういう商品が北朝鮮に流れていったり、人が交流していくと、自ずから人々の関心は南の文化とか、市場とか、そういうものに強い影響を受けてきますからね。

そうすると、自然に北朝鮮のような体制そのものが解消していくというかね。何か、音を立てて崩壊するようなことになるかどうかは別として、統一しやすい状況にはなってくるんじゃないかなと思うんだけどね。

いま統一と言ったって、そう簡単にはできないですよ。どっちかが強引にやるとか、力でやるわけにはいかない。だから何よりも経済交流をしていく。やはり人と人とのつながりというか、そういう交流がないと始まらないと思う。

もうひとつは、せめて在日コリアンの間ぐらいは統一したらどうかと。これは民団系、総連系があるわけだけど、なんだかんだ言ったって日本に居住しているわけだし、祖国から拘束力というのはもうそんなに強くないわけですから。せめて在日朝鮮人、韓国人、コリアンだけでも統一していく。やろうと思えばできないことはない。

青木　最後にもうひとつ、この対談連載は「日本人と戦後70年」というタイトルを冠しているんですけど、戦前生まれの梁さんは、この70年間を日本で生き抜いていらっしゃいました。日本にいま生きる人びと、在日コリアンも含めてですが、何かメッセージというか、伝えたいことはありませんか。

梁　ひと言でいえば、絶対に戦争をやらんということに尽きます。では、そのために何ができるか。戦争というのは、気がついてみると始まっているようなところがあるわけです、いままでの戦争を見ていると。だから戦争が起きるような芽というものをみんなでしっかり監視して、そういう芽があったら潰していかなダメです。安倍政権みたいなものは、やはりそういう要素を持っている。そこは危ない。

（2015年7月29日）

梁石日（ヤン・ソギル）

1936年、大阪府生まれ。高校卒業後、さまざまな職を転々とした後、25歳で印刷業を興すが、29歳の時に莫大な負債をかかえて倒産。大阪を出奔して、東北地方を放浪した後、東京でタクシー運転手になり、十年間勤める。その間に書いた『タクシー狂躁曲』（ちくま文庫）でデビュー、崔洋一監督「月はどっちに出ている」として映画化され話題に。実父をモデルに描いた長篇小説『血と骨』（幻冬舎）で山本周五郎賞を受賞、その後やはり崔監督により映画化された。ほかの作品に『夜を賭けて』、『闇の子供たち』『大いなる時を求めて』（すべて幻冬舎文庫）、『魂の痕』（河出書房新社）などがある。

第7章

岡留安則

スキャンダリズムから沖縄の怒りへ

人生訓めいたものをありがたがる趣味はないが、人はその一生でほんの数度、決定的な影響を受ける人物と出会う、などと言うらしい。あえてそれを真に受けるなら、岡留安則という人物との邂逅は、私にとって間違いなくそのひとつだった。

初めて会ったのは私がまだ通信社の駆け出し記者のころだった。以後、主に新宿ゴールデン街の安酒場でしょっちゅう一緒に酒を飲んだ。一時期は連日のように飲み、気づけば朝方なのもしばしばだった。興に乗って海外をともに旅したこともあった。

そういう時、ひと回り以上も年下の私に、説教めいたことはほとんど言わなかった。大抵は馬鹿話に終始し、ほんの時おり、メディアやジャーナリズムの原則論をふと口にするだけ。それでも自ら「反権力スキャンダル雑誌」と称した『噂の眞相』を編集長兼発行人として率い、ありとあらゆる権力や権威に紙つぶてを投げ、しかしどこまでも軽やかなその反骨心に、私は敬意を抱きつつさまざまなことを学んだ。

依頼を受けて私が寄稿したこともあったが、世話になったことの方がはるかに多かった。初めての著書を上梓する際にもさまざまな助言を受け、貴重な資料や情報を惜しみなく提供してくれた。私がフリーランスの物書きとして独り歩きするようになったのは、間違いなく岡留安則という先輩メディア人との出会いによる。

そんなスキャンダル雑誌の編集長も、悠々自適の暮らしを楽しんでいた移住先の沖縄で体調を崩し、2019年1月に世を去った。体調を崩す少し前の時期に行った本対談は、だから最後のまとまった形での発言録であり、沖縄の想いを代弁する〝遺言〟にもなった。それをこの対談集に再録できるのは、私にとって少しうれしく、そしてとても切ないことでもある。

青木　今日は「沖縄の戦後70年」について、岡留さんにうかがいたくてスタジオジブリ出版部の編集者と沖縄までやってきたんです。

岡留　スタジオジブリといえば、宮崎駿さんが辺野古基金に協力してくれているよね。

青木　共同代表に就かれていますね。有識者が共同代表となった辺野古基金は、米軍の辺野古新基地建設反対運動に物心両面の支援を行うため昨年発足しましたが、宮崎さんが協力を表明した際は大きな反響を呼んでニュースにもなりました。

岡留　そういう意味でスタジオジブリは沖縄にも大きな影響力がある。

青木　ほかにもジャーナリストの鳥越俊太郎さんや故・菅原文太さんの妻・文子さんも共同代表になっていますね。

岡留　そういえば、あの時は僕も菅原文太さんを沖縄に推薦したんだ。

青木　あの時って、2014年の11月ですね。

岡留　そう。仲井眞弘多前知事と翁長雄志知事が争った知事選で、菅原さんがわざわざ翁長さんの支援集会に駆けつけてくれた。

青木　あの時のスピーチはいまも記憶に残っています。「政治の役割は二つある。ひとつは国民を飢えさせないこと、安全な食べ物を食べさせること。そしてもうひとつは、絶対に戦争をしないこと」。そう言った上で、映画『仁義なき戦い』の名台詞をひいて「仲井眞さん、弾はまだ1発、残っとるがよ」と。

岡留　すごい反響だったね。

青木　僕はネットの動画で見ただけなんですが、集会参加者も喝采を送ってました。その菅原さんを岡留さんが呼んだって、以前から交友があったんですか。

岡留　筒井康隆さん原作の映画に、菅原さんは出ているからね。『わたしのグランパ』。

青木　なるほど。筒井さんは『噂の眞相』の人気連載陣の一人でもありましたから。

岡留　そう。でも菅原さん、体調がすごく悪そうでね。

青木　菅原さんが沖縄に来る少し前、僕も東京で会う機会があったんですが、当時はガンで体調を相当崩されている様子でした。実際、沖縄で集会に参加してから1ヶ月も経たずにお亡くなりになってしまいました。

岡留　沖縄にきてくれた時も、空港に着いたら車椅子に乗っていてね……。僕も無理に呼んでしまった感じで、本当に申し訳ないと思った。でも、ああいう骨のある役者が少なくなってしまったのは本当に残念だよね。

オール沖縄体制は翁長さんでなければ無理だった

青木　さて、岡留さんが『噂の眞相』を黒字休刊したのが2004年でした。その後、沖縄に移住したわけですから、もう10年以上になりますか。

岡留　正確に言うと9年かな。東京でのいろいろな残務整理とか、集英社の書き下ろしの本（『「噂の眞相」25年戦記』集英社新書）の仕事などもあったから、休刊と沖縄暮らしには少し時差があるんだよ。

青木　どうですか、沖縄暮らしは。

岡留　どうですかって、見ての通りで（笑）。

青木　暮らしやすいですか。

岡留　もちろん。僕は寒がりだから、そういう意味でも最高だよね。冬の東京なんて、もう耐えられない。寒くって行けないよ（笑）。

青木　でも、南国の島であると同時に、基地問題などで揺れる沖縄を移住の地に選んだのは、岡留さんらしいと思いました。『沖縄から日本を撃つ!――「噂の眞相」休刊、あれから7年』（集英社インターナショナル）というそのものずばりのタイトルの本も出したし、琉球新報や東京スポーツ、インターネットなどのコラムでも沖縄の想いや現状を盛んに発信されてきましたね。

岡留　いやぁ、沖縄に来た最初の動機は不純だった。のんびりできるし、暖かいから（笑）。

青木　（笑）とはいえ、岡留さんはもともとは鹿児島の出身だから、肩身がせまい部分もあるんじゃないですか。

岡留　それはもう、ずいぶん洗礼を受けたよ。

青木　どういう洗礼を?

岡留　「1609年は知ってるか?」っていうような質問から始まって、それはまあいろいろとね（笑）。

青木　1609年といえば、薩摩藩の島津氏が琉球に侵攻した年ですね。本当にそこまでさかのぼっていろいろ言われちゃうんですか。

岡留　大半の人はそんなこと言わないけれど、歴史をよく知っているインテリたちは言う。

青木　インテリっていっても、保守系とリベラル系では少し捉え方が違うんですか。本土との関係を重視するような保守なら、あまりそういうことをしつこく言わないような気もします。

岡留　沖縄に保守系のインテリなんていない。

青木　どういうことですか?

岡留　少なくとも、本土の人間が考えるような〝保守系のインテリ〟なんていない。だって、したり顔で「日米安保体制こそが日本外交の柱だ」なんて軽々に言えないからね。沖縄の場合、それがすぐ基地問題に直結する。じゃあ基地はどうするのかっていう根源的な問いを正面から突きつけられるわけだから。

むしろ、最近はヘイトスピーチをするような連中が少しいて、昨年の9月には辺野古の米軍キャンプ・シュワブのゲート前に座り込んでいる反対住民のテントを襲撃する事件も起きた。政治団体の関係者が県警に逮捕されたけれど、その主張は「基地反対は反日」だとか「沖縄が中国に乗っ取られる」とかワンパターンだから、沖縄の人たちは大半が無視してるけどね。

青木　そういえば、翁長知事ももともとは那覇市長などを務め、かつては自民党の沖縄県連幹事長などを歴任した「沖縄保守」の重鎮でしたね。

岡留　うん。でも翁長さんは本当に頑張ってる。翁長知事が中心に座らなかったら、保守から革新、共産党までが「辺野古新基地建設反対」で一点共闘する「オール沖縄」の動きができなかったのは間違いない。

青木　やっぱり翁長さんじゃないと無理でしたか。

岡留　無理だったと思う。

青木　僕もこの『熱風』で翁長知事にインタビューしたんですが（2015年7月号掲載）、翁長さんが辺野古新基地建設反対に転じ、「オール沖縄」体制のトップリーダーになったのはなぜだったとお考えですか。かつては仲井眞前知事の選対本部長として支援していたわけだし、一時は辺野古新基地建設を容認するような発言をしていたこともあったわけですよね。

岡留　翁長さんは、お父さんが真和志村（現・那覇市）の村長、お兄さんが県の副知事や県議などを務めた保守系の政治一家で、確かに本人も自民党の県連幹事長などを歴任してきたけれど、逆にそういう経験を経てきてるから、いわゆる保守政治とか、官邸の動き、その舌先三寸な体質とかがよく見えるんじゃないかなと僕は思うけれどね。

あと、なんといっても戦争や米軍統治下における沖縄の苦しみを知っている。翁長さんのお祖父さんは米軍の艦砲射撃で亡くなっていて、お父さんは沖縄戦の犠牲になった村民の遺骨収集に携わったそうだよ。沖縄南部の糸満市には、そうして集めた遺骨を納めた「魂魄の塔」があるけど、命名したのは翁長さんのお父さんらしい。そういう経歴に加えて、翁長さんはやっぱり、安倍政権への反発が大きいんじゃないかな。

青木　というと？

岡留　日本の国土面積のわずか0・6％の沖縄に在日米軍基地の74％が集中しているという差別的な状況は、別にいまに始まったことじゃなくて、歴代の自民党政権でも一向に改善してこなかった。でも、かつての自民党の重鎮議員には、沖縄の歴史や痛みに対する最低限の知識と配慮があった。

たとえば小渕恵三はサミットの沖縄開催に尽力したし、沖縄に来た際は「私にとって沖縄は第二の選挙区、故郷だと思っている」と言った。普天間返還に道を開いた橋本龍太郎だって沖縄への想いは深かったようだし、沖縄を「死に場所」と言った梶山静六とか、野中広務とか、幾人もあげられる。もちろん利権狙いの側面もあったろうし、野中なんて『噂の眞相』で名誉毀損訴訟を争った関係だから、僕は大嫌いだけどね（笑）。

青木　たしかに翁長さんも同じようなことを言っていました。そのほかに名をあげていた政治家が後藤田正晴。翁長さんが若手県議の頃に後藤田と会ったら、「ワシは沖縄には行けないんだ」と言われたらしいんです。で、翁長さんが「沖縄が先生に何か失礼なことでもしましたか？」と尋ねたら、「いや、沖縄には申し訳なさすぎて顔向けができないんだ」と言われたそうです。戦前に内務官僚だった後藤田は、先の大戦も沖縄戦の悲劇も知り尽くしているから、そういう言葉が自然と出たんでしょう。

岡留　そう。かつての自民党には、そういう最低限の知識や配慮はあった。だからこそ、沖縄保守の政治家たちも辛うじてついていった。でも安倍政権は違う。配慮もなければ基本的な知識、教養すらない。

沖縄戦での集団自決への旧日本軍の関与について、高校の日本史の教科書から削除しようとしたのは第一次安倍政権の時だったし（２００６年）、サンフランシスコ講和条約が発効した4月28日を「主権回復の日」と称して政府主催で記念式典をやったのは第二次安倍政権（２０１3年）。１９５２年の4月28日は、沖縄や奄美が米軍統治下に置かれて日本から切り離された日で、沖縄では長く「屈辱の日」と呼ばれていた。こんなこと、沖縄のことを少しでも知っていれば常識だよ。安倍政権にはそんな常識や配慮すらない。ネトウヨ並みだよね。

俺も煽っている酒場独立論

青木　そうして沖縄に怒りが広がり、いまや国と全面対決状態ですね。翁長知事が節を曲げない限り、辺野古に新基地をつくるのはもはや不可能でしょう。

岡留　いや、まだ分からない。裁判だって、国を相手にしているんだから、これはもう権力の構図からして国が勝つに決まってるようなもんだよね。

青木　最近だと、いわゆる代執行訴訟ですね。辺野古の新基地建設をめぐって仲井眞前知事は辺野古の埋め立てを承認しましたが、翁長知事はこれを取り消した。すると国は「知事に代わって取り消しを撤回する代執行」を求めて提訴した。ところが3月には国、県双方が福岡高裁那覇支部の示す和解案を受け入れ、とりあえず和解が成立しています。

ただ、これはあくまでも一時的なもので、国は辺野古への基地建設姿勢をまったく変えていない。いずれ新たな訴訟になるでしょうし、翁長知事も「あらゆる手法で建設を阻止する」と繰り返し訴えています。僕がインタビューした際は、埋め立てなども一切させないという点を基準にすると勝ち目はないかもしれないけれど、完成はさせないという線なら勝機もあるという趣旨のことをおっしゃってました。

岡留　まあ、そんなに甘くもないと僕は思う。なんといっても国が総力をあげているわけだから、これを相手に勝つのはものすごく難しい。官邸だってつぎつぎに手を打ってきている。

実際につい先日は、名護市を飛び越して地元の3区に補助金を直接投入すると言い出した。そのほかにもオモテとウラ、ありとあらゆる方法を使って切り崩しを謀るだろうからね。だからそんなに甘くない。沖縄の政界や知識人たちも厳しく受けとめてる。

青木　ただ、沖縄の世論は圧倒的反対でしょう。

岡留　世論はそうだよね。それで言ったら辺野古に建設なんて絶対に無理。だけど、政府や官邸には圧倒的に強大な権力がある。カネも人脈もある。

青木　とはいえ、このまま強引に建設を進めたら、流血の事態にもなってしまいかねません。

岡留　そんなことになって欲しくないと思うけれど、残念ながらなってしまう可能性はあるね。

青木　いわゆる沖縄独立論にも火がつきかねないんじゃないですか。

岡留　いや、それもそんなに単純じゃないと僕は思う。実際、沖縄の民意にまでなっているとはいえない状況だしね。

昔から沖縄では「酒場独立論」っていわれて、酒を飲んで酔っ払いながら「もう独立するぞ！」って気勢をあげるような気風はあるけれど、それじゃあ現実的に独立論を考えるとなると、たとえば外交はどうするのか。中国との関係、韓国との関係、あるいは台湾との関係やアメリカとの関係をどうするのか、大変なことなんだから緻密な理論と戦略を練らないといけない。沖縄でも少し前、学者なんかをリーダーにして独立研究学会みたいなのができたけれど、そういう緻密さや求心力は感じられない。

もちろん、ブラフとしての独立論はあってもいいと思うよ。独立論は使い方。いざとなれば独立するぞってポーズを示しておく。日米両政府にプレッシャーをかけながらね。俺も煽ってる方だから（笑）。

基地がないと沖縄の経済が回らないというウソ

青木　いずれにせよ、沖縄は決して楽観はしていないと。

岡留　うん。それでも僕は期待してるけどね。それに沖縄は戦後日本政治の矛盾の集約点。沖縄のことを真剣に考えずして日本全体が良くなることもない。

青木　というと？

岡留　日米安保体制が戦後日本外交の基軸だといいながら、その負の産物である米軍基地の大半を沖縄に押しつけている。これまでに米兵や米軍属の凶悪な犯罪が何件も起きてきたのに（72年の本土復帰後だけでも、日本女性の強姦事件、殺害事件、暴行事件が多数起こっている。95年の少女暴行事件の際には沖縄全土に怒りが広がった）、日米地位協定も不平等なまま。せめて欧州並みにすべきだと思うのに、これはもはやタブー化していて一切手がつけられていない。ある意味では奴隷みたいな状況であって、それこそなんで本土の右翼が騒がないのか僕には不思議でしょうがない。

普天間基地だって市街地のど真ん中にあって、いつとんでもない事故が起きるか分からない。実際、隣接する大学に米軍ヘリが墜落する事故が起きたのに、オスプレイなんていう欠陥機を平気で強行配備する。それを支える日米安保体制の構造を見れば、沖縄の意思なんてほとんど通ってこなかった。それなのに沖縄の人だけに「闘え」って言ったって無理ですよ。戦後政治の構造を根本から変えるくらいでないと難しい。

青木　おっしゃるとおりだと思いますが、それでも当面はどうするか。

岡留　ひとつは翁長知事がアメリカで直接訴えていることがどう出るかだよね。

青木　翁長知事は就任から約半年後の昨年（２０１５年）６月に訪米し、つい最近もまた訪米しましたね。上下院の議員や有力シンクタンクのメンバーらと会談したと伝えられています。

岡留　アメリカ政府の中でも揺れている面は間違いなくある。これほど地元の反発がある中で強引に基地をつくっても維持するのは容易じゃない。日米関係を大きく傷つける。しかも合理的に考えたら、新基地なんてとてももつくれない。普天間の移設先が辺野古しかないという論調が、アメリカの一部では崩れつつある。逆に今後アメリカ側から「無理なんじゃないか」という声が出てくる可能性はあるよね。

共和党の大統領候補指名を確実にしたトランプだって、あの言い分を見ていると、思いやり予算と称して日本が膨大なカネを出してるのを知らなかったでしょう。僕はトランプが大統領になって米軍基地を撤退させるんだと本気で言ったら面白い、受けて立つべきだくらいに思ってるけど（笑）、つまりアメリカも沖縄に対する認識がものすごく不足している。だったらそのアメリカに乗り込んで、有力者と会ったり、シンポジウムなんかをいろいろやってアメリカの世論をかきまぜて変えていく価値はあると思う。

ところが知事がアメリカに行って直接交渉しようとすると、防衛官僚や外務官僚が徹底的に妨害する。要するに米国政府より日本の官僚システムの方に最大の問題があるんだ。民主党の鳩山由紀夫政権の時だってそうでしょう。普天間の移設先は「最低でも県外」って鳩山首相が言って、沖縄の人たちは期待したけれど、結局は元の木阿弥。鳩山さんにも甘いところがあったとはいえ、防衛官僚や外務官僚が邪魔をした。まったく動こうとすらしなかった。

そういうなか、翁長さんが知事になった。僕の見る限り、辺野古への新基地建設反対の翁長さんの意思は相当に強固だと思う。

青木 知事の周辺や地元経済界はどうなんですか。実際にあれほどの規模の基地を建設するということになれば、地元にもかなり巨額のカネが落ちますね。どこの地方も公共事業などとの関係で建設業者は政界と深くつながっていますが、沖縄の経済界だって実弾攻撃などを受ければ、それこそ揺らいでしまうんじゃないですか。

岡留 基地の利権狙いの連中はもともといっぱいいるよ。本土のゼネコンもいっぱい来てるしね。でも、沖縄の人も歴史の記憶に学んでいる。いくら巨大公共事業をやっても、結局はそれを持っていくのは本土のゼネコン。沖縄も少しは潤うけど、それはあくまでも下請けレベル。そんなことはもう沖縄でバレてるからね。

青木 いわゆる基地経済の話もそうですね。本土では相変わらず「沖縄は米軍基地がないと経済が回らない」なんていう説がもっともらしく語られますが、復帰直後に15%程度はあった沖縄経済の米軍依存度は、最近は5％程度にまで大幅に低下しているようですね。

岡留 米軍基地がないと沖縄の経済が回らないなんてウソなのは、沖縄ではもう常識になっているよね。翁長さんも率先して言っているし、沖縄の新聞もきちんと書いている。逆に最近は、米軍基地がむしろ沖縄経済の発展を阻害しているって言われてる。

ちょっと考えてみればわかるけれど、あちこちに巨大な米軍基地があって土地が分断されているから、農業だって全体を通した農地改革が進まない。他の産業にしたって同じだし、沖縄経済の大きな柱である観光だってそうだよ。

アメリカで9・11テロが起きた後なんかは、修学旅行生なんかのキャンセルが相次いで、沖縄を訪れる観光客は相当に減ってしまった。米軍基地があるから「危ない」と思われたのは間違いない。これなんかはまさに基地が沖縄経済発展の阻害要因になっていることの代表例だよね。

翁長体制にも危うさはある

青木 話は少し戻りますが、鳩山政権の時に「最低でも県外」と言ったのに何の進展もなかったのは、やはり沖縄の人たちの怒りに火を注いだ面もありますか。

岡留 僕は鳩山さん本人からも内情をあれこれと聞いてるからね……。彼もいろいろ動いてはいたんだよ。

青木　徳之島案なども飛び出しましたね。でも、あれ以降、日米安保体制を堅持すると言うなら、本土でも基地を公平に引き受けるべきじゃないかという声が広がりました。

岡留　僕も同感だよ。ただ、基地をほかのところにもっていくというのは、沖縄の人はけっこう純だから、同じ苦労を押しつけるのはいかがなものかという発想もある。グアムとかサイパンなんていう話があっても、向こうにも住民がいて、そっちに持っていくのはいかがなものかという沖縄の良心。岩国にもっていけといっても、岩国の人たちは反対するでしょう。でも、僕なんかは「別にいいじゃん」と思う。岩国でも、鹿児島でも、青木くんの故郷の信州だっていいと僕は思う。

青木　ただ、本土でも基地を負担しろと言うと、リベラル陣営などからは「ならばお前は日米安保体制を認めるのか」という批判も出る。

岡留　もちろんそういう声はあるかもしれないけれど、本土でも公平に負担しろというのは、どう考えたって一理ある。現実に沖縄復帰前は山梨や岐阜にあった海兵隊の米軍基地を沖縄に移したわけだしね。

青木　複雑ですね。本土とは少し違う沖縄保守と左派、それが大同団結した「オール沖縄」という翁長知事体制は、そう考えると、モザイクのような危うさもある。ならば、何かの拍子で瓦解しかねない。

岡留 うん。実際、そういう兆しがないわけじゃない。

青木 というと？

岡留 翁長さんを支持する勢力は、共産党から社民党を含め、野党がみんな手を組んだ。だけど、現実に政治が動くと意見は一致しない。これから県議選も始まるけど、じゃあ誰を出すかといったような時に、どうしても亀裂が出てくる。政府や官邸はさすがに目ざといから、そこを狙っていろいろ仕掛けたり、突いてくる。たとえば「共産党と手を組んでいるのか」とか「中国の思うつぼじゃないか」といったようなネガティブキャンペーンを張ってくる。

青木 そうやって翁長体制を揺さぶると？

岡留 そう。そして、実際に脆弱な面もある。

青木 どういうことですか。

岡留 沖縄はずっと保守対革新というような対立構図があったけれど、翁長知事の選挙で初めてひとつにまとまった。とはいえ、もともとは野合みたいなものだから、戦略を立ててビジョンを示すようなことまでやればよかったけど、あまりうまくまとまらなかった。

僕たちは沖縄の大学教授なんかを含めてブレーン会議をつくったらどうかと言ったんです。だって、官邸側はさまざまなブレーンを集めてるし、何といってもオール官僚機構がバックについてるわけだから、沖縄のブレーンを総結集しろってね。それくらいやらないと政府や官邸とはやり合えないよ。

本土メディアは沖縄2紙の爪の垢でも煎じて飲め

青木　最後に沖縄メディアの現状をうかがいたいんですが、ご存じのとおり与党、特に自民党内の安倍応援団みたいな連中は政権に批判的なメディア恫喝に躍起となっていて、沖縄の2紙（琉球新報、沖縄タイムス）には憎悪に近い怨念を抱いているようです。自民党の若手議員が開いた勉強会では「沖縄の新聞を潰せ」なんていう暴言（自民党の「文化芸術懇話会」に講師として招かれた作家の百田尚樹氏が、沖縄紙は左翼に乗っ取られ、日本をおとしめているなどとして発言した）までが飛び交いました。

ただ、僕が共同通信にいたころのイメージでいうと、沖縄の2紙といってもライバル関係で、決して仲は良い訳じゃない。論調でいうと、沖縄タイムスがリベラル寄りで、琉球新報がやや保守系という印象でしたが、米軍基地問題では両紙とも論調が一致していて、辺野古新基地建設に関しては徹底抗戦の構えですね。

岡留　部数でいうといま新報が20万、タイムスが15万部くらいかな。

青木　沖縄の世帯数が55万ほどだから、やっぱり影響力は大きいですね。

岡留　大きいと思うよ。何が何でも辺野古に基地をつくりたい連中にすれば、沖縄の新聞は許せないって言いたくもなるだろうね。

青木　あえて議論を提起するために言うんですが、沖縄に二つの新聞があるなら、米軍基地問題に関する論調も多少違っていいんじゃないでしょうか。

岡留　それもやっぱり戦後の沖縄の歴史を見なくちゃ。2紙が基地問題にかんしてそういう論調になったのは、昨日今日始まった話じゃない。沖縄の歴史があってこそだからね。ずっと本土にいいように使われて、米軍基地を押しつけられて、その状態が延々と変わらない。いまも綿々と続いているわけだから。それが基地問題をめぐる沖縄2紙の論調を形づくったわけであって。

青木　つまり、先の大戦では本土の捨て石とされて県民の4人に1人が犠牲になり、戦後は米軍統治下に置かれ、復帰後も大半の米軍基地を押しつけられた。騒音や事故ばかりか、米軍関係者の凶悪犯罪も起き続けている。常に本土の踏み石になってきたという歴史があって、基地問題に対する沖縄の2紙の論調というのは歴史的に強固に形づくられてきたと。

岡留　まったくそのとおり。昨日今日始まったわけじゃないから、そう簡単に変わるものじゃないよ。世論もそれを完全に支えてるしね。

青木　そうですね。

岡留　辺野古への新基地建設については世論調査でも8割以上が反対。となると、本土のメディアの方が異常なんだよ。少し前、沖縄タイムスの編集幹部が共同通信の論調に激しく憤っていた。こんな記事なら配信はいらないって。

青木　どういう記事だったんですか。沖縄の2紙に限った話ではありませんが、全国の主要地方紙は共同通信の加盟社で、全国ニュースや国際ニュースなどは共同通信の配信記事を受けて紙面を作ってます。

岡留　要するに、その共同の記事も官邸や霞が関の目線なんだよ。東京の政治部にいる連中なんて、永田町や霞が関官僚の話ばかり聞いて記事を書いている。比較的リベラルといわれる共同の記事だってそうなんだから、全国紙をはじめとする本土メディアの論調なんて、沖縄から見るともはや激怒を通り越して噴飯ものですらあるよね。

でも、少数者や虐げられている者の側に立って権力を監視するというメディアの役割からすれば、沖縄の2紙の姿勢こそがメディア本来の姿。本土メディアの連中は沖縄2紙の爪の垢でも煎じて飲め、といいたくなるよね。

（2016年4月14日、那覇）

岡留安則（おかどめ・やすのり）

1947年鹿児島県生まれ。1972年法政大学卒業後、『マスコミ評論』を創刊し編集長となる。1979年3月、月刊誌『噂の眞相』を編集発行人として立ち上げて、スキャンダリズム雑誌として独自の地平を切り開いてメディア界で話題を呼ぶ。数々のスクープを世に問うが、2004年3月の25周年記念を機会に黒字のままに異例の休刊。その後、沖縄に居を移しフリージャーナリストとなる。主な著書に『「噂の眞相」25年戦記』（集英社新書）、『武器としてのスキャンダル』（ちくま文庫）ほか多数。

2019年、死去。

第8章

平野啓一郎

国家権力が人を殺すということ

平野啓一郎も強烈な魅力を放つ作家である。さまざまな論争を巻き起こしたデビュー作『日蝕』などはもちろん、端正な文章で紡ぐ『マチネの終わりに』のような恋愛小説にも私は惹かれる。いや、決して単なる恋愛小説ではなく、物語の芯に時代や社会状況への確かな問題意識があるからこそ、多くの読者を魅了するのだろう。

そういう作家だから平野もまた、この国の政治、社会の歪みを鋭敏に察知し、盛んな警告を発している。SNSなども駆使した発言の手法などは現代的でもあるが、実際に会って話を訊くと、抱く危機感の強さは私の想像をはるかに超えていた。

共謀罪、特定秘密保護法、憲法解釈の変更と集団的自衛権の一部行使容認。そんな具体例をあげつつ平野は言った。「僕らの世代はある種の恥の世代として歴史に記憶される」と。「のちの時代に尊敬されない世代」になってしまうだろうと。

先の大戦中、多くの表現者が沈黙したばかりか、ファシズムに動員されてしまった歴史を持ち出すまでもなく、現代日本も異常な政治、異常な言説が罷り通り、社会は反動と排他の気配を強めている。そんな時代、表現者たるあなたたちはいったい何をしていたのか——後世にそう指弾されることを覚悟し、しかし抵抗の爪痕は残しておかねばならないと考え、当代随一の作家は警笛を鳴らしている。

その視界は、近ごろは圧倒的多数が容認しているらしい死刑制度にも広がる。「国家権力が人を殺す」というシステムの容認は「よくよくのことがあれば最後は人を殺してもいい世界観」の容認につながるではないか、と。

これほど真っ直ぐで濁りのない作家の存在は、嫌な気配ばかり漂う時代の微かな燈明かもしれない。その貴重な警告の数々を、多くの人に受け止めてほしいと願う。

青木　平野さんは最近、政治や社会問題でも積極的に発言を続けておられます。戦後70年の文学状況と合わせてうかがいたいのですが、最新作は『マチネの終わりに』（毎日新聞出版）ですね。発表は昨年（2016年）ですか。

平野　一昨年に新聞連載して、昨年初めに単行本になりました。

青木　みずみずしい恋愛小説で、面白く拝読しました。意外にも感じました。ただ、安保法制などをめぐって平野さんが政治的発言をしているさなかでしたから、意外にも感じました。

平野　文学の役割はいろいろある気がしますが、基本的には読者が生きづらさを感じる時、何を伝えられるかということだと思うんです。かなり具体的に伝えるものもあれば、現実を束の間忘れて物語の世界にのめり込みたいという人もいる。それに正直、僕は最近の政治に心底うんざりしているんです（笑）。

政治的なコメントはせざるを得ないけれど、周りを見ていても、みんなうんざりしている。せめて小説を読んでいる時間ぐらいは美しいものに心を癒されたい気持ちが読者のなかに高まっている気がして。僕自身も、そうでした。かといって現実と何の関係もないおとぎ話では、真っ当な大人が感情移入できない。基本的にはリアリズムをベースにしつつ、憧れを喚起する物語を書きたいと思って。

また、いろいろな意味で世界がグローバル化して、日本の半径何メートルで起きていることも世界的な動向と常に関係するようになっている。そういうことも小説を通じて表現したいところがありました。

青木 主人公のひとりである通信社の女性記者がバグダッドで戦場を取材し、ＰＴＳＤ（心的外傷後ストレス障害）の状態に陥りますね。何をもって純文学とするかなんて意味のないカテゴライズかもしれませんが、あまり純文学っぽくありませんでした（笑）。

平野 何が純文学かは難しいわけですが、いまを生きている人の関心に応えるものがないと、文学って読まれないと思うんです。そういう意味で最近の純文学は自閉していて、狭い世界の中で評価し合ったりして、読者との距離が開いてきている。

僕が『マチネの終わりに』を書き、たとえば大学でフランス文学を研究しているような読者が反発したかというと、そういう人たちが一番強く支持してくれました。世界の動向の中で現代人がどう生きているかを書かず、昔ながらのスタイルを真似して上手にお話をつくっても「So what?」と思われてしまう。

青木 僕のようにジャーナリズムの世界で生きてきた人間からすると、当たり前の話ですが、常に時代や社会状況と格闘するわけです。ノンフィクション作品などは、そうした部分から古びてしまう恐れも抱きます。それはジャーナリズムの宿命でもあるわけですが、時代状況にこだわると文学作品にも同じことが起きてしまいませんか。

平野 証言としての価値があるように現実を捉えられるかどうか、時が経っても、むしろその時にしか書けなかったこととして価値があり続けるか。

文学の場合、たとえばロシア革命の描き方は時代が過ぎてもひとつの時代の証言として価値があり続ける。そこは書き方だと思うんです。

文学って数カ月ごとに新作を出していくタイムスケールではなくて、創作して本を出すのも数年がかりだし、いま起きている出来事が長いタイムスケールで見た時に何なのかというアプローチがあれば、時が経っても文学的な意味があり続けると思います。

のちの時代に尊敬されない世代だというのはすごく感じる

青木　『マチネの終わりに』には、「未来は常に過去を変えている」という主人公の印象深い台詞が出てきますね。

平野　ええ。これは、根本的には過去というものが、人が思っているより不安定だという思いがあるんです。多くの人が通俗的トラウマ説にとらわれ、自分は過去にこういう体験をしたから現在こうなってしまったという因果関係でがんじがらめにされていますが、過去の見え方というのはそれほど安定的ではない。

昨今の歴史修正主義などを見ても、過去は変えうるという認識の下に運動している人びとがいるわけです。だから良くも悪くも過去というのはそんなに安定的ではない。過去は変えられないけれど未来は変えられると一般的に信じられていても、実はそうじゃないということを書きたかった。

青木　僕も読みながらまさに歴史修正主義のことを思い起こしました。過去に起きた出来事の意味を変えてしまおうと企てる連中が勢いを増している。一方、ある時代に起きた意味が不確かな事象があっても、その時代やのちの時代の人びとの行動や発言がそれを意味づけることもある。

文学と政治であれば、かつての大戦中、多くの作家が「ペン部隊」などの形で戦争遂行に絡め取られました。ジャーナリズムなどはさらに無残で、軍部や戦争を煽る側に回ってしまった。そうした過去を踏まえ、いまの不穏な時代に作家として生きて、言うべきことは言っておかなければならないという危機感を抱いているように感じます。

平野　そうですね。第二次大戦の時はかなりの文学者が翼賛体制に飲み込まれましたが、抵抗して弾圧された人もいる。僕は最近、その人たちのことがちょっとだけわかったような気がします。彼らも最後は殺されるというところまで考えて行動を始めたんじゃないと思うんです。やはりこれはマズいと言っている間に影響力が大きくなって、当局に目をつけられていったんじゃないか。

僕だって、これはどうしてもガマンできないということを、SNSなどは簡単に発信できるから発信しているだけですが、気がつけば新聞社などから共謀罪についてインタビューさせてくれという話がくる。そうやって活動した人たちが最終的に弾圧されていったんじゃないかと想像するんです。

日本は幸いにして、いまのところは文学者がただちに拘束されたり、拷問を受けたりという状況にはありませんが、かなり危ういところにきている感じはします。自分ひとりがどうこう言ってみても、のちの時代から振り返ると、いまの時代の人というのがやっぱりひとまとまりに見られるわけですが。

青木　あれが時代の分岐点だったのに、その時代の連中はいったい何をしていたんだと。

平野　本当にそうだと思うんです。共謀罪を通し、特定秘密保護法をつくり、実質的には改憲に近い集団的自衛権の行使容認にまで道を開いてしまった。僕らの世代はある種の恥の世代として歴史に記憶されることは覚悟しています。それはもう起きてしまったことですから、のちの時代に尊敬されない世代だというのはすごく感じます。

青木　しかし、そうした時代でも、そうした時代だからこそ、抵抗しなければならない。それが恥の過去の意味を多少は変え、のちの世代を勇気づけるかもしれない。ただ、作家としては読者を失いかねないのではありませんか。

平野　これはけっこう難しいところで、たとえば単純にＳＮＳのフォロワー数を見れば、政治的発言をしたほうが増えていくんです。減っている面もあると思うけれど、相対的には増えていて、よくぞ言ってくれたという人たちが多い。

それに文学は千万単位の人を相手にしているわけではありませんから。本だって、どんなに売れても10万部とか（笑）。仮に100万部売れても人口の1％。10万部って0・1％じゃないですか。となると、かなり自由なことを言っても千人に1人ぐらいに理解してもらえればいい。

また、文学の読者を見ていると、作家がそういう発言をしないことにもどかしさを感じている人がかなりいる。原発問題にしても、僕は基本的にフリーランスで動いているから、脱原発を訴えることに何の抵抗もない。損をすることがひとつもないんです。

青木 3・11、福島原発の事故以降はそうですね。ただ、3・11以前は、少なくともテレビやラジオでの原発批判はかなりタブーでした。雑誌だって簡単に原発批判はできなかった。大量の広告が入っていましたから。平野さん、いまおいくつでしたっけ。

平野 42歳です。

青木 すると3・11の時は……。

平野 35、6ぐらいです。

青木 やはり3・11は平野さんに何か大きな変化をもたらしましたか。

平野 いくつかのレベルでありました。ひとつはちょっと哲学的な問題というか、時間意識が変わりました。10万年などという単位を僕たちは実生活のなかで考える必要がなかったけれど、そういうタイムスケールを考えなくてはいけなくなった。

東北で被害に遭われた人たちも、いずれ津波がくるのは知っていたでしょう。ただ、その瞬間にそこにいたから亡くなり、1時間ずれていたら生きていた人もいた。この瞬間の問題は、自分の小説を書く時間意識の問題としてかなり深く受け止めました。

もうひとつは、日本に現在のような政権が誕生し、それを右傾化と言っていいのかわかりませんが、そうなったきっかけのひとつは間違いなく震災だったと思います。「絆」なるものが強調され、個よりも公共が重視され、災害時に強いリーダーシップを求めるという発想は、一歩間違えるとファシズムにつながる。ファシズムとはそういう体系ですから。

誰よりも、三島を深く理解し、政治思想的には根本的に否定したい

青木　平野さんは学生時代、大なり小なり政治運動に関わられたことはあるんですか。

平野　いや、ほぼノンポリでした（笑）。

青木　平野さんが卒業した京都大学は、昔ながらの左翼セクトがいまも残っていますね。

平野　ええ。僕が大学に入ったのは1994年で、北朝鮮の核問題が緊迫していて、彼らの活動もわりと活発だったんです。演説したり、授業中に入ってきたりしたこともあって、それに僕はけっこう冷ややかでした。

まず風貌からしてあやしい（笑）。だから僕は、ネットの国粋主義者に言わせれば左翼かもしれないけれど、筋金入りの左翼では全然なくて、政治的な立場は中道左派ぐらいだと思いま

す。

青木　それでは大学時代は……。

平野　政治運動などは無縁で、音楽をやっていました。バンド関係で熊野寮にはよく出入りしていました。音楽をやっている連中はそれほど政治的ではないけど、基本的にはリベラルな人たちが多いですから。

青木　僕は通信社の記者時代、警察の公安担当をやっていましたが、京大学生自治寮の熊野寮といえば、中核派の拠点だと公安警察は決めつけていましたよ。

平野　どうですかね。熊野寮にもそういう人はいますが、僕の友だちは全然そうじゃなかった。大きな音を出しても構わないから、熊野寮の食堂でバンドの練習をさせてくれて。

青木　平野さんに外的影響を与えたのは、3・11以外にもありましたか。

平野　世界的なレベルで言うと、やはり9・11のインパクトは大きかった。それまでは思想界でもユルゲン・ハーバーマス（ドイツの哲学者、社会学者。公共性とコミュニケーションについて思索した）が対話を訴えたけれど、最初からそういう気がない人たちがテロを起こし、今度はテロリストを殺せという話になってしまった。90年代は冷戦構造も終わり、世界はこのままのっぺりと資本主義化され、アメリカが世界の暫定チャンピオンだという世界観だったけれど、すごい閉塞感を感じるようになりました。

そもそも僕は10代のころから三島由紀夫のファンだったんです。いまでも文学的にはすごく影響を受けていると思います。僕は三島が好きだし、日本の文化は大事だ、それはそうだと思っていて、どっちかといえば自分は右翼だと考えていた（笑）。でも、なにか緩やかな転向があった。

青木　それはなぜですか。

平野　強烈なきっかけがあったというより、保守的な人たちの言ったり書いたりしていることがイヤだったんです。保守系の文芸評論家も、文章を読んでいると全然共感しない。かといって左翼的な評論家にもシンパシーはありませんでした。そういう意味ではどっちもどっちでしたが。

青木　三島で思い出してしまったので脱線しますが、平野さんは天皇制をどう捉えてますか。三島は69年、東大全共闘との討論で、「諸君が天皇、天皇と言ってくれれば喜んで手をつなぐ」と語ったようですが。

平野　すごく難しい。現在の天皇（現上皇）の考え方は、多分、自分と近い部分がかなりあると感じます。しかし、将来の天皇がどうなるかはわかりませんから、リベラル系の人たちが天皇発言をありがたがって引用するのは間違っていると思う。

ただ、正直に言うと、天皇という存在にあまり関心が持てないんです。戦争責任を考えれば、「天皇陛下万歳」と叫んで多くの人が死んでいったのですから、ないはずはないでしょう。しかし、日本が政治システム上、いかにグダグダなまま戦争に突入していったかもよくわかるから、天皇ひとりの問題でもない。

三島の場合、権力を制定する根拠としての天皇制に期待していたし、彼の戦中体験は大きかった。思想的には強烈に国家主義的な教育を受け、自分が戦争に参加しなかったなか、同じ世代の人たちがたくさん死んで、そういう立場で戦争を否定しにくいというのは、心情的にはわかる気がする。僕は2020年に三島由紀夫論をめぐる本を出そうと思って、ずっと作品読解を通じて準備しているんですが、政治思想的にはやっぱり限界がありますよね、三島の考え方は。だからそれを批判的に乗り越えるというのが重要なんです。

青木　というと？

平野　現在の社会は一人ひとりの人間が孤立しがちです。欧米でイスラム原理主義などに行ってしまう人たちも、新聞を見ると「socially atomized person（社会的に孤立した人）」とか書かれていますね。そこから具体的な人間関係を構築する際、生きている生のリアリティを追い求めず、一気に日本の歴史だとか、天皇というところに直結して孤独を支えてもらおう、そういうものによる連帯を回復しようという発想には、僕はやっぱりついていけない。

三島は『文化防衛論』というエッセイで天皇観についてまとまったものを書いていますが、文化の連続性と全体性と、それから再帰性という話をしている。天皇が歌を詠んだりすることを民衆が真似し、その民衆文化の影響を天皇が受けるといった循環ですね。そういうものが日本人にはどうしても必要で、それがないと根無し草の国になってしまうというのが三島の基本的認識でした。

ただ、三島の天皇観というのは、たとえばキリスト教の神秘主義の影響も受けていますし、彼が親しんだ平安時代の王朝文学などを読むと、天皇ってもっと人間的な存在なんですね。そのところが、ものすごく不思議なところです。ただ、官製のいわゆる皇国史観とも違います。三島には、家族主義によって天皇につながるという考えがまったくありませんでしたから。

青木 そうした点にまで踏み込んだ三島論を書くわけですか。

平野 基本的にはそのつもりです。彼は30代の時にすごく努力して、戦後社会に適応しようとしていたんです。ただ、大江健三郎さんたちが戦後民主主義という政治体制に適応することで戦後社会を生きようとしたのに対し、彼は大衆消費社会に適応することで戦後社会を生きていこうとした。『平凡パンチ』に出たりして、途中でイヤになっちゃった。

青木 それは興味深い。新作が楽しみですが、いずれにせよ戦後の日本文学界においては、好き嫌いは別として、三島は大きな存在であって、政治思想的にもそれと正反対な大江の存在も大きかったと。

平野 大江さんは、特に初期作品を読むと、本当に天才がほとばしっている。あの時代、大江さんがデビューしたせいで、小説家になるのをやめたという人がたくさんいたというのがよくわかります。

そこからの長い小説家としての歩みも、自分自身が20年近くも小説を書いてきてみると、本当に尊敬します。それに広島と沖縄に早くから関心を寄せた。それが米軍基地や原発問題という形で現在の日本で最も先鋭的な政治課題として突きつけられている。僕にとっては、思想的にすごく重要な二人の作家です。

大江さんは三島の思想については全否定だと思いますが、世界的に見ると、中国でも韓国でも三島は読まれている。僕は最近、本が中国語に翻訳され、向こうでプロモーションしたんですが、三島ファンは多い。もちろん川端康成や谷崎潤一郎、いろいろな人たちの作品がさまざまな言語に翻訳されていますが、政治思想的な意味では、二人の作家は大きな問いを投げかけてきたと思います。

だからこそ、僕は三島を誰よりも深く理解し、その可能性を再確認しつつ、政治思想的には根本的に否定したい。インテリ左翼的な行儀のいい、浅い批判をしても仕方ない。なぜ彼があんなことを考えたのか、作品を読み込んで否定することがいま、すごく重要だと思っています。

安倍晋三という人が出てきた時、本当にダメだと思った

青木　少し話は戻りますが、9・11は平野さんにとって大きなインパクトだったと。

平野　ええ。僕は冷戦体制というのがあまりピンとこない世代なんです。

青木　大学に入ったのが94年だとおっしゃってましたからね。

平野　80年代末は中学生ぐらいで、もうほとんど勝負は決していた。三島を読んでも、保守って何かといえば反共、反共産主義。でも僕は共産主義に対するシンパシーもアレルギーもない。そうした中、ノーム・チョムスキーの本などを読むと、非常に腑に落ちるわけです。

青木　チョムスキーはアメリカの偉大な言語学者である一方、反戦運動や政治的発言をまったくいとわず、その言説に僕も揺さぶられました。超大国としてのアメリカが過去、世界で何をやってきたか。アメリカに不都合だという理由で民主的に選ばれた政体を転覆させたり、数々の侵略戦にも手を染めた。ウサマ・ビン・ラディンだって、そもそもを辿れば、旧ソ連のアフガン侵攻に対峙させるためにアメリカが育てた怪物だった。

平野　ええ。テロは肯定できないけど、アメリカの戦争の歴史を見ていくと結局、根本的な問題としてアメリカがやってきたことはこうだとチョムスキーは指摘した。

もうひとつ、僕にとっては『決壊』(新潮社)という小説を書いたのは大きかった。殺人事件をめぐるちょっとミステリーじみた話なんですが、僕はどちらかというと心情的に死刑肯定派だったんです。死刑にされても仕方ない奴はいるんじゃないかという気がしていた。そして文学は、犯罪者の側に立った名作が多い。ドストエフスキーの『罪と罰』もそう。ただ、ちょうど光市の事件などもあって、犯罪被害者とその家族の悲惨さを知り、被害者の家族を描こうと考えたんです。

青木　山口県光市で1999年、当時18歳だった少年が引き起こした母子殺害事件は、日本の刑事司法を変質させたと言われます。少年は1審、2審では無期懲役でしたが、最高裁がこれを破棄し、最終的に死刑判決が確定した。この際に最高裁は、それまでの死刑判決が「やむを得ない場合」に言い渡される「例外」だったものを、「特に酌量の余地がなければ死刑」という一転した判断を示しました。被害者遺族の訴えが影響したとも指摘されます。

平野　その取材のために警察とか検察、弁護士や事件関係者をかなり取材しました。みんな思いのほかいろいろ話してくれて、被害者家族を描き続けた果てに、死刑という制度自体がイヤになっちゃったんです。

青木　なぜですか。

平野　やはり国家権力が人を殺す、僕たちの共同体が殺すわけです。それは、よくよくのことがあれば最後は人を殺していいという世界観です。それでいいのか。

また、あの小説は2007年ぐらいに書いたんですが、警察捜査の実態を知ると、携帯の発着信記録やNシステム（自動車ナンバー自動読み取り装置）、防犯カメラなどを駆使していて、社会の監視化ということにも関心を抱きました。実際に逮捕された人たちを取材すると、警察や検察の捜査と取り調べは酷いものも多く、国家権力のありようみたいなことを考え、あとは政権ですね。僕は安倍（晋三）という人が出てきた時、本当にダメだと思ったんです。

青木　安倍首相が政界で最初に脚光を浴びるきっかけは北朝鮮による日本人拉致問題でした。

平野　若手のホープとして出てきましたが、とにかく圧力一辺倒で効果的なアイデアがない。

外交交渉という発想がまったくなかったから、これはダメだと思いました。第一次政権は案の定ダメだったから、そうだろうと思ったんですが、だから第二次の政権が誕生した時は本当に憂鬱だった。

青木　政権の問題にいく前に、死刑問題についてもう少し。僕も10年近く前、死刑制度に関わる人びとを追ったルポルタージュ『絞首刑』（講談社文庫）を書きました。仕事柄、警察や検察捜査のデタラメさは十分知っていましたが、平野さんも死刑問題などを取材し、『決壊』という作品に昇華させる中、国家と権力と暴力などともからめつつ思考の整理をつけていったわけですか。

平野　そうですね。最も考えたのは殺すということ。犯罪者を調べれば調べるほど、複雑な社会背景が浮かび上がってくる。家庭環境や生育環境が劣悪だったりするところに、どうしても行き当たってしまう。幼稚園に行けば無邪気に子どもたちが遊んでいますが、このなかの誰かが将来強盗になるかもしれないし、人を殺めてしまうかもしれない。その時、その子を本当に責められるのか。生育過程とか環境を考えた時、にもかかわらず死刑にしていいのかということも考えました。

ただ、いわゆる死刑廃止運動にも反発があったんです。最近は廃止運動に関わる弁護士とも議論しますが、日本で死刑を廃止するためには、まず被害者と被害者家族への手当てを十二分にしないと理解は得られないと思う。これまでは被害を受けた側が悲惨すぎる状況に置かれたまま、加害者の権利が語られた。社会のなかで殺人が起きる以上、国家や社会にも責任があり、被害者が侵された人権を最大限に保護する必要がある。そういう順序なら、まだ理解が広がるんじゃないかと。

青木　僕もそう思いますが、それを死刑廃止運動の側に負わせるのは少し酷な気もします。平野さんがおっしゃったように、被害者側の問題は社会全体が置き去りにしてきた。警察も検察も裁判所も、メディアだって例外ではありません。それがバックラッシュのように刑事司法の厳罰化などとして噴出している。本来ならばその批判は、たとえば法務省や政治の側に向けられるべきだと思うのです。

平野　そうですね。

首相が私欲で政治をやっているのか

青木　ところで平野さんは、ＳＮＳなどネットでも盛んに情報発信されていますね。

平野　僕の現在にはネットの影響もすごくあるんです。ネットは弱い者いじめがひどくて。在日差別とか、同性愛差別とか、あとは恥も外聞もない自国礼賛。これはネットの初期のころからチラチラ出ていて、僕もデビューした時、あいつは在日だとかゲイだとか創価学会だとか、典型的に差別的な悪口をひと通り受けました。実際は、どれも事実ではないのですが。

もちろん在日だろうがゲイだろうが創価学会だろうが悪いことなど何もない。国家権力だけではなく、マイノリティや弱者への暴力を平然と振りかざすさまに、本当に嫌気がさしたんです。そういう諸々が合流し、最終的にいまのような政治的立場になったという感じです。

青木 そこで現在の政治です。現政権が憂鬱なのは僕もまったく同感ですが、平野さんも指摘されたように、その政権が数々の問題多き法律を強引に成立させました。特定秘密保護法、安保法制、盗聴法の強化、そして共謀罪。僕らのようなジャーナリズム的な立場からの批判はともかく、作家としての平野さんはどこに憂鬱を感じますか。

平野 二つの見方が僕のなかにあるんです。まずは世界的な傾向で、国家主権が弱体化し、財政も厳しさを増している。個人のアイデンティティの帰属先としても、インフラをはじめとし、多国籍企業が担い始めている。生きることを何が助けてくれるかという時、国家ではないものがかなり登場し、国家への帰属意識が低下している。しかも個々がネットでつながるなか、一種の反動として国家が権力を強化していこうとする動きは世界中で見られていて、そのひとつに僕は安倍政権を見ているんです。

グローバル企業がどうしても取って代われない国家固有の権力は何かといえば、徴税権、軍事力、警察権力、司法などですね。これらに関してはグローバル企業でも代替できない権力で、マイナンバー制度にしても何にしても、国家が国民を把握することを強化していく方向に向かっています。もうひとつ、外交というのは、非国家的な方が有意義な交流ができることはいっぱいある。だから国家は独占的に持つ軍事力に偏った方向に向かいたがる。いまの日本の政権の場合、とにかくアメリカ一本槍で、その体制を強化していこうとしている。

これに僕ははっきりと反対で、世界全体が分散化とネットワーク化の時代に移っている。なのに安倍政権は中央集権的な発想から抜け出せない。原発なんていうのは、危険性もそうですが、そういう意味で絶対に将来性がない。あんなに参入障壁が高く、国家のバックアップがないとできない事業はもう無理なんです。自然エネルギーが広がり始めたのは、参入障壁が低く、いろいろな知恵が集まり、世界中の競争で価格が下がっていくからです。それが自由にネットワーク化された方が災害時もリスクヘッジできる。これははっきりしています。

もう一方で現在の政権がイヤだなと思うのは、憲法改正にしても、共謀罪にしても、実は首相がただ単にやりたいだけなんじゃないか、という疑いを強く持っているからです。共謀罪をなぜあれほど成立させたかったかは、結局よく分からない。警察官僚が政権内で力を持っているというのはあると思うけれど、首相にしてみれば、いままで通らなかった法だから通したかったという以上の理由が実はないんじゃないかと疑っている。

憲法改正だって、ただそれを実現した首相として名を残したい以上の目的が見えない。実際、改憲したい条項がコロコロ変わる。つまり僕は、大きな流れの中で国家主義的な反動に嫌気がさしているのと同時に、本当は首相が私欲で政治をやっているんじゃないかという疑念を拭いきれないんです。

青木　現首相については、その生い立ちや素顔を相当取材して僕も『安倍三代』（朝日文庫）というルポを書きました。政界入りするまでを見る限り、名門政治一家に生まれたという以外の政治的モチベーションは彼にない。唯一あったとするなら、祖父・岸信介への憧憬ぐらいです。

平野　だから、いい歳していつまでも「おじいちゃん、見ていて、僕を」というような感じ。

青木　ええ。ところで三島が生きていたら、いまの政権をどう評しますかね。

平野　文学界隈では、けっこうその話になるんです。9条改正は三島の悲願だったし、彼は典型的な押しつけ憲法論者だった。谷口雅春の著作を褒めたりもしています。

青木　新興宗教団体・生長の家の創始者で、ファナティックな国家主義者だった谷口の著作に、三島は序文を寄せたこともあります。

平野　だから意外とがっかりするようなことを言ったかもしれないとも言われます。ただ三島は自民党がすごく嫌いだった。あと、50年ぐらい生きている間に彼がどういうふうに変わったかというのもありますが、わかりません。

青木　もうひとつ、ネットの登場でグーテンベルク以来の活字文化の大変革が起きていて、僕が携わる報道メディアの世界、ジャーナリズム界も激変にさらされていますが、文学界も変わりましたか。

平野　激変していると思います。それはあらゆるレベルで。小説の主題自体が変わったけど、それに気づいていない人たちがたくさんいて、その人たちの本はもう読まれないでしょうね。

文学はロー・バジェットでできるから、まだ自分でコントロールする余地がある

青木　というと?

平野　ネットがある世界とない世界って、全然変わってしまったんです。小説は19世紀に一種の最盛期を迎え、20世紀にかなり技術的な蓄積があって、世界を書くための技術はほとんど試みつくされたというぐらい洗練された。

だけどネットが登場して以降の世界は、その技法では書けない。新しいアプローチで小説を組み立てることを考えていかないといけない。たとえば『マチネの終わりに』を19世紀なスタイルで書こうとすると2000枚ぐらいの小説になる。それをどうそれなりのサイズにし、うまく組み立てて書くかは、新しい技術的発想がないと無理です。

青木　それは長いものが読まれないということではなくてですか?

平野　いえ、ある世界観の表現の仕方として、たとえばバルザックがパリを描く時は、パリが世界中とリンクして何かが起きていると書く必要はなかった。パリをコスモスのひとつの比喩のようにして、せいぜいフランスの地方との対比でひとつの世界として描けたんだけれど、いまはそういう描き方をすると嘘になってしまう。

それから、これはジャーナリズムも一緒だと思いますが、プロの書き手と普通の人の垣根が

なくなってきている。それでもプロとして、専業作家として書き続けていくとは何なのか、やはり問われていますし、文学は偉くて立派だとか、本を読まなければならないというのがなくなってきている中、多くの人が1、2時間ぐらいの時間があれば、SNSをやるか映画を見るか、ゲームをやるか本を読むか、横一線で選ぶ時代です。そうした時、SNSやゲームより小説を読んだ方がいいと思わせるのは何なのか、真剣に考えなければいけない。

とにかくウェブ上に毎年、膨大な数の本がデータ化されています。世界文学といっても、昔はバルザックがいて、フローベールがいて、ドストエフスキーがいて、ある一定のラインアップがありましたが、いまは世界文学全集と言っても、南米にも中東にも文学作品があって、しかもそれが膨大に積み重なっている。名作がたくさんあるなか、なおかつ現代文学を読むとなると、少ない時間の奪い合い。そういう競争の下で小説を書き続けるのは、やっぱりかなり変わってきましたよね。

青木　そういう時代って、果たして幸せなんですかね（笑）。

平野　難しいですよね。幸せを数値化し、政策的に考えられるというような人たちがいますけれど、僕は信用していない。ブータンの幸せ指数とかもそう。何が幸福かというのはすごく難しいけど、一概に不幸になっているという言い方も僕は好きじゃない。やらなくてもいいことをかなりの程度、テクノロジーがやってくれて、原発より再生可能エネルギーが広まった社会が僕はいいと思う。ただ、現代人は疲れている、疲労感はすごくある気がします。

青木　平野さんが詳しい音楽の世界でいえば、バッハにせよ、ベートーベンにせよ、マーラーが生きた100年ほど前もそうだけれど、とてつもない才能を与えられた者たちは、欧州などの限られた地域でのことではあったけれど、いまはクラシックと呼ばれる分野に集中したわけでしょう。そこから人類史に残る作品がいくつも生み出された。

でも現在の音楽家は、さまざまな分野に分散し、それはそれで音楽シーンが多様になった面はあるでしょうが、一方で日々消費される刹那的な音楽の機械的生産に忙殺されてもいる印象です。ジャーナリズムの世界は日々消費されるのが宿命ですが、文学の世界にも似たようなところがあるような気がします。

平野　ただ、僕の実感では、文学はまだ自分でコントロールする余地がある気がします。ロー・バジェット（低予算）でできますから。映画とかのほうが大変だと思いますよ、いまの日本映画とか見ていると。

青木　文学は最悪、紙と鉛筆があれば……（笑）。

平野　やろうと思えばできますし、損すると言っても知れている。そんなことを言うと出版社の人に怒られますけど、映画とかの額と全然違う。そこは作家が自分なりのテンポで、やっぱりこの作品ではマスにアプローチしたいけど、次はもうちょっとこだわった作品にしようとか、うまくテンポをつくれば読者がついてきてくれると思っています。

（2017年8月29日）

平野啓一郎（ひらの・けいいちろう）

1975年、愛知県生まれ。作家。京都大学法学部卒。1999年在学中に文芸誌『新潮』に投稿した『日蝕』により第120回芥川賞を受賞。2008年から三島由紀夫文学賞（2019年まで）、東川写真賞（2017年まで）、2018年から木村伊兵衛写真賞、2020年から芥川龍之介賞の各審査員・選考委員を務める。2009年、『決壊』（新潮社）で芸術選奨文部大臣新人賞、2014年、フランス芸術文化勲章シュヴァリエ、2018年、『ある男』（文藝春秋）で第70回読売文学賞を受ける。著書に小説『葬送』『決壊』『透明な迷宮』（すべて新潮社）、『滴り落ちる時計たちの波紋』（文藝春秋）、『ドーン』（ドゥマゴ文学賞受賞）『空白を満たしなさい』（共に講談社）、『かたちだけの愛』（中央公論新社）、エッセイ・対談集に『私とは何か「個人」から「分人」へ』『「生命力」の行方―変わりゆく世界と分人主義』（共に講談社）などがある。最新長編小説『マチネの終わりに』（毎日新聞出版）、『「カッコいい」とは何か』（講談社現代新書）など多数。

第9章

安田好弘

オウム事件、光市事件の弁護人として

安田好弘という弁護士に私は心からの敬意を抱いている。一部のメディアや軽薄な連中は「悪魔の弁護人」などと罵りを浴びせるが、とんでもない話だと思う。

利にさとい弁護士が誰ひとり引き受けようとせず、また一文にもならぬような事件の被告弁護を、安田はしばしば敢然と引き受けてきた。メディアに叩かれても、感情的な批判に晒されても、一歩も引かず法廷に立ち、被告弁護の本旨を貫いてきた。しかも、これが極めて大切なのだが、弁護士としての力量はずば抜けている。こんな法曹人はほかにいない。

本対談では触れなかったが、そうした活動が警察や検察の遺恨を買ったのだろう、安田自身が捜査に狙われ、逮捕・起訴されてしまったこともある。東京拘置所での勾留は実に10か月に及び、弁護士としての命運も尽きたかに思われたが、独房で自ら関係資料を精査し、無実の証拠を掘り起こし、東京地裁で無罪を勝ち取った。

その際、安田の弁護には1200人もの弁護士が名を連ねた。無罪を言い渡した裁判長は、判決の最後にこう言葉を添えた。「あなたとは、また法廷で別の形で会いたい」。東京高裁では逆転有罪が言い渡されてしまうが、弁護士資格の剝奪につながらない罰金刑にとどめたのは、体制寄りの色彩が濃い高裁が検察・警察に配慮を示したに過ぎず、安田の無実をむしろ証明したものというべきだろう。メディアの司法記者にも安田を慕う者が多い。

繰り返すが、こんな弁護士はほかにいない。その安田が対談で語ったのは長年取り組んできた死刑廃止運動の意義、そして刑事司法の歪みから初めて明かす重要事件の真相まで多岐に及んだ。だから『熱風』での連載も2回にわたり、他の対談よりはるかにボリュームの多いものとなった。

青木　安田さんとはもうかなり長いおつきあいをさせていただいていて、これまでの刑事弁護士としての活動に僕は心からの敬意を抱いています。また、死刑廃止運動にも熱心に取り組んでいて、その点にも深い共感を覚えてきました。

しかし一方、安田さんはかつてオウム真理教を率いた麻原彰晃（本名・松本智津夫）教祖の主任弁護人を務め、山口県光市で1999年に発生した母子殺害事件では加害者の元少年の弁護などにあたったことなどから、一部では「死刑弁護人」と呼ばれたり、果ては「悪魔の弁護人」などという猛烈なバッシングを浴びることもあったわけです。

それでも安田さんはメディアの直接取材をほとんど受けてこられず、こうして腰を据えてお話を聞く機会は貴重ですから、記録の意味も込めて、いろいろなことをじっくりうかがいたいと思っています。

安田　はい、青木さんにはいろいろお世話になっていますから、なんなりとどうぞ（笑）。

青木　では、まずは死刑制度についてお聞きします。安田さんは弁護士としての仕事の一方、死刑廃止運動にも長く取り組んでこられたわけですが……。

安田　運動をやり始めたのは34、5年前になりますか。

青木　ということは、1980年代からになりますね。ちょうどその時期、死刑判決が確定していた事件での冤罪が4件も相次いで発覚し（免田事件、財田川事件、松山事件、島田事件の4つを指す）、日本でも死刑制度の廃止を検討するべきではないかという声が政界などでも高まりました。

安田　そうですね。そして実際に1980年代の末から死刑執行のない時期が3年4カ月続き、宮澤喜一政権の後藤田正晴法務大臣の下で1993年3月に死刑執行が再開されてしまいましたが、翌1994年には政界で「死刑廃止議連（死刑廃止を推進する議員連盟）」が発足しています。参加議員は与野党を超えた100人以上にのぼり、ある新聞社が当時の衆議院議員を対象に実施したアンケート調査によると、将来的に死刑制度を廃止すべきだという回答が死刑を存続すべきだという回答を上回るほどでした。

青木　しかし、最近は政界でも死刑廃止を求める声はほとんど聞かれなくなってしまいました。一方、世界的には各国で死刑制度が廃止の方向に進んでいて、EU（欧州連合）はずいぶん前から死刑廃止をEU加盟の条件に掲げていますね。

これは別にヨーロッパに限った話ではなく、国際人権団体アムネスティ・インターナショナルの最新のまとめによると、死刑制度を全廃した国はすでに100カ国を超えています。また、死刑制度そのものは残しているものの、10年以上にわたって執行がないといった条件を満たした「事実上の廃止国」も相当数にのぼり、これらを合計すると140カ国以上が死刑廃止に舵を切ったと報告されています。これは国連加盟国数の70％を上回る数字です。

つまり、世界的には死刑制度は廃止するのが圧倒的な潮流であって、いわゆる先進民主主義国で死刑制度を維持し、現実に執行しているのは日本以外では米国のみ。その米国も州によっては死刑制度を廃止していますから、国家レベルで死刑制度を維持し、執行している先進民主主義国は日本だけともいえます。しかも昨年（2018年）はオウム真理教の元幹部に対する死刑が2度にわけて一斉に執行されて……。

安田　合計13人も。

青木　ええ。しかし、あの大量執行に対しても大した反発や批判の声があがりませんでした。世界の圧倒的な潮流に背を向け、死刑制度を固守し続ける日本社会の現状について、死刑廃止運動に取り組んでこられた立場から、あえて自己反省的なことを含め、どのように捉えていらっしゃいますか。

死刑とは有害とみなした人間を社会から永久に排除するもの

安田　死刑廃止という考えは、いわゆる死刑存置の考えを凌駕する思想であり、人類普遍の価値観だと僕らは強く信じてきました。だからそれを訴え続ければ、いずれは死刑廃止の声が広がっていくだろうと考えていた。でも、いまから考えればそれは安直であり、自惚れだったかもしれません。

まず、死刑を存置すべきだと考える人たちと向き合い、どうやって合意を形成していくかという視点を欠いていました。もっと言えば、どういう形で理解を得るか、存置派も納得するような新しい司法制度、刑罰制度なども考慮しつつ運動をやらなければいけない面があった。
たとえば、犯罪の加害者側からだけではなく、被害者側の視点、犯罪被害者への支援はどうあるべきかといった刑事司法政策全体を見通した改革なども提言すべきでした。そういうものが欠けていて、死刑廃止だけを訴えてきたことの限界を痛感しています。これは運動の主体側の問題ですね。一方で客体側の問題もあります。

青木　客体側というと？

安田　つまり、(死刑廃止を) 呼びかけられる側です。この状況がかつてとは大きく様変わりしてしまいました。そもそもマスメディアという存在にそうした悪弊は根強くありましたが、ネットやSNSといった新たなメディアツールが登場し、犯罪などをめぐる情報がますます短い言葉で、ものすごくセンセーショナルに伝わるようになっています。かつてメディアの中心だった新聞などでも十分に書けたとはいえない犯罪や事件の背景や深層、それが抱えている社会的な問題などがきちんと伝えられず、共有されることもない。それどころか、以前よりもずっと荒《すさ》んだ状況になってしまっている。これも時代の大きな変化です。

青木　たしかにそうですね。僕もこれまで数々の事件や犯罪を取材してきましたが、少し踏み込んで取材していくと、センセーショナルに伝えられがちな事件の背後にさまざまな社会的問題が横たわっていることに気づかされ、加害者を断罪するだけでは決して済む問題ではないと痛感させられることがしばしばありました。それがなかなか伝えられず、社会で共有されることもなくなっていると。

安田　ええ。そうなってくると、冷静な事実認識や議論よりも感情が先走ってしまう。さまざまなことをじっくりと考え、理解し、とりわけ犯罪や事件が抱えている原因や社会的背景をあぶり出し、これに社会全体がどう対応していくかというような議論、その議論に資するような深い情報を伝達する媒体が少ない。結果、感情論ばかりが先行してしまう。

青木　それは事件や犯罪を取材し、伝える僕たちのような者、つまりはメディアやジャーナリズムの責任も大きいですね。メディアの世界で禄を食《は》んできた身として耳の痛い話ですが、その前に先ほど安田さんがおっしゃった死刑廃止の思想、それこそが人類普遍の価値観だという点についてもう少しお聞かせください。死刑という刑罰が廃止されるべき理由について、安田さんとは長いおつきあいなのに、あらたまってうかがったことがなかった気がします。

安田　そうかもしれません。まず事実の問題として言えば、死刑とは、人を殺すことです。社会的な次元で言えば、死刑とは、自分たちが有害とみなした人間を社会から排除するものです。

しかもそれは永久の排除です。人間の生物的な存在そのものを抹殺してしまうわけですから、これは人間存在そのものの否定でもあります。そしてそれは同時に、国家という強大な権力によって行われます。

つまり、死刑とは人間存在の抹殺であり、僕たちが生きている社会から特定の人間の存在を否定し、永久に排除してしまうものだということです。その号令を国家が発し、強制的に否定し、排除する。そのような価値観を僕は決して容認できない。これを容認すれば、目的によっては人を殺してもいいんだという、国家の政策を実現するためには命を奪ってもいいんだという、そういう価値観の容認につながります。

これが将来の僕たちの意識形成にも有害な影響を与え、社会は荒み、ひいては強烈に国家主義的な価値観の登場にもつながりかねない。最終的には「必要のない人間は抹殺しても構わない」という論理にもつながっていくわけですから、やはりここは踏みとどまらないと危うい。

青木　あえてお聞きするんですが、いまなお死刑制度を維持している国の中には、薬物犯罪などを死刑の対象にしている国もあれば、国家反逆罪的な罪に対する刑罰に死刑を適用している極めて非民主的な国もあります。

一方、現在の日本で死刑が適用されるのは大半が殺人罪ですね。イヤな言葉ですが、刑事司法の世界には「量刑相場」などというジャーゴン（隠語）があって、2人以上を殺せば死刑適用は免れない、などとも言われます。

そこで出てくるのが素朴な心情というか、先ほどの感情論ということで言えば、「人を殺したヤツは殺されて当然だ」「人の命を奪ったんだから命で償え」といった主張です。これにはどう答えますか。

死刑は政策であり、同時に見せしめ

安田　それは非常によく聞かれる主張です。もし仮にその主張を認めたとするなら、例えば2人を殺《あや》めてしまった人がいるとして、彼を死刑にして抹殺することで、果たしてわれわれは彼の罪を非難できるのでしょうか。結果としては、同じことをやってしまっているわけですから。人殺しを非難するあなたたちも人殺しになってしまう。いや、あなたたちだけではなく、僕も、青木さんも、全員が人殺しになるのと同意だと思います。

青木　それについて言えば、僕も鮮烈に思い出すことがあります。僕は以前、死刑制度に直接関わる人たちを集中的に取材し、一冊のルポルタージュを書いたのですが（『絞首刑』、講談社文庫）、実際の死刑執行にあたった経験のある刑務官ＯＢに話を聞いた際、彼はこうつぶやいたんですね。「執行のことはあまり思い出したくない。所詮は人殺しだから」と。あの苦悩に満ちた表情はいまも忘れられません。

当たり前の話ですが、死刑と言っても現実には人殺しであり、執行しているのは生身の刑務官たちです。さらに突き詰めれば、それは僕たち一人ひとりが付与した権限を行使しているわけですから、安田さんがおっしゃるとおり、僕たちが人を殺していることにほかならない。だというのに、個人が犯罪で人を殺してしまうことと、国家が合法的な形で人を殺す死刑を、僕たちの社会はしばしば対置させ、「人を殺した者は殺されて当然だ」などと言い放ってしまう。

安田　そうですね。だからこそ、人を殺めてしまった人を死刑にすることでしか問題を解決できないのか、僕たちは真剣に考えなくてはならない。別の選択肢だってあるのではないか。命を奪うのではなく、生きながらえて、刑に服し、被害者に謝罪し、贖罪の念を深め、そうすることで問題を解決していくことはできないのか。

罪を犯した人に刑罰を科す本来の目的は、本人に自らの過ちを理解させ、自責の念を持たせ、最終的にはその人を更生させて社会復帰を促すことにあります。EUも死刑廃止が必要な理由としてこの原則を掲げ、〈死刑では刑罰の究極的目標が果たせない〉と説いています。また、「人を殺した者は命で償え」といった主張にEUはこう反論しています。〈死刑によっても被害者家族の喪失感が薄れることはないうえ、生命の絶対的尊重という基本ルールを監視する立場にある国家も、そのルールの例外であってはならない〉。

青木　まさに刑罰という理屈で国家も人を殺してはならない、と。

安田　ですから青木さんがおっしゃるように、個人が人を殺めてしまうことと、国家が刑罰として命を奪うことは本来別物なんです。死刑は政策であって、同時に見せしめでもある。決して事件ではないんですね。

青木　しかし、見せしめだとしても、社会的効果は疑問ですね。かつては死刑に犯罪の抑止効果があると唱えられていましたが、死刑制度を廃止した国で凶悪犯罪が増えたというデータはなく、そうした主張は近年ほとんど聞かれなくなりました。

かわって死刑存置の理由として盛んに語られるのは、やはり「被害者感情」などに基づく一種の応報論です。こうなってくると、つまるところ死刑という刑罰の目的は、かつてフランスの作家カミュが著書『ギロチン』で書いたとおり「復讐」に行き着いてしまいます。

カミュは『ギロチン』の中で死刑制度の〈本質的な姿〉は〈復讐である〉と喝破したうえで死刑廃止の必要性をこう訴えています。

〈反坐の刑は自然の秩序に属し、本能の秩序に属するものであって、法律の秩序に属するものではない〉〈法律は、その本性を矯正するためにつくられている〉（アルベール・カミュ『ギロチン』杉捷夫、川村克己訳、紀伊國屋書店版より）

これを簡単に言えば、本性を理性で制御することこそが近代社会の刑事司法ではないか、ということでしょう。カミュがこれを書いたのは1950年代です。それから四半世紀ほど経った1981年にフランスは死刑制度を廃止し、その潮流が世界へと広がっていきました。

ところが日本はこの潮流に逆らい、いまなお死刑を執行している。その最大の論理がカミュの難じた剝き出しの「本性」であり、応報論です。

安田　そう。世界の潮流を眺め、人類の進歩を振り返れば、2人以上の命を奪ったら死刑しかない、などという理屈には、まったく普遍性はないということです。

凶悪犯罪者は矯正可能なのか

青木　では、実際に死刑判決を受けるような事件を起こしてしまった者たちというのは、いったいどのような人びとなんでしょうか。僕も死刑判決を受けた被告には取材で何人か会ってきましたが、どうしようもない極悪人というより、むしろ弱々しい普通の人という印象を受けることが多かった気がします。こういう言い方が適切かどうかわかりませんが、安田さんは死刑事件の弁護を数々引き受けてきましたから、いわゆる死刑囚に、死刑判決を受けるような事件を引き起こした人びとに、最も多く接触してきた弁護士でしょう。

安田　まあ、普通の弁護士よりは多く会っているでしょうね。

青木　著名なところではオウム真理教の麻原教祖もそうですが、光市母子殺害事件の元少年にせよ、ほかの死刑事件の被告にせよ、誰が考えても凶悪としか評しようもない犯罪に手を染めてしまった者たちとは、いったいどのような人物なのか。

いくら刑罰の目的が矯正にあるというのが原則とはいえ、現実に果たして矯正などが可能かどうか、そんな疑問を持っている人も多いと思います。実際に数々の死刑事件で弁護人を務め、彼ら、彼女らと接してどうでしたか。

安田　事件にもいろいろなものがあるし、それぞれ個性がありますから、一概に語るのは難しいところもあります。ただ、オウム真理教事件はやはりちょっと違いますが、総じて言えるのは、死刑が宣告されるような事件の場合は、初めて罪を犯してしまった人がほとんどなんですね。それほど大それた事件を起こそうとは考えていなかったのに、突然沸き起こった激しい情動や興奮とか、逃げ場のない窮地に立たされたことなどによって、精神的に追い詰められて事件を引き起こしてしまったケースが多い。

僕はこれまで誘拐殺人事件の弁護を2件やりましたが、この2件の被告についてはいずれもそうでした。

青木　2件の誘拐殺人事件というと?

安田　1980年に山梨県で起きた幼児誘拐殺人事件と、1980年に名古屋市で当時22歳の女子大生が誘拐されて殺害された事件です。

山梨の事件では当時5歳の保育園児が誘拐され、身代金が要求されました。事件を起こしたのは電気工事店を営んでいた当時36歳の電気工事屋さんで、小学生の子どもたちを相手にした野球クラブのコーチみたいなこともやっていて、子どもたちみんなから「おじちゃん」と慕われていたんです。一方、名古屋の事件を起こしたのは寿司屋の若い職人さんで、やはりご近所でも非常に熱心な働き者として評価されていました。

ですから、日常的には凶悪でもなんでもなく、むしろ良いおじさん、おにいさんだったわけです。そんな2人がなぜ誘拐殺人にまで手を染めてしまったかというと、誤解を恐れずに言えば、強盗をするほどの魂胆や度胸がなかったから、と言えるかもしれません。

要するに2人とも、自らの経営の失敗などいろいろな事情があって借金まみれになってしまって、借金取りに追い込みをかけられ、それをどうやって返すか、すっかり困り果て、追い詰められていたんです。

でも、誰かを脅して金を盗ったり、強盗するほどの度胸もない。さて、それではどうするか。追い詰められて困り果てていたとき、ふと現れたり目に入ったりした子どもや女性を連れ去り、金を要求すれば取れるんじゃないか、と安易に考えてしまった。でも警察が乗り出してきて、当たり前ですが金もなかなか手に入れられず、それじゃあ子どもや女性をどうするか困り果て、ついには殺さざるを得ないような状況に自らを追い込んでしまった。

つまり、人間存在そのものとしての凶悪性ではなくて、事件の流れの中で結果として表れた凶悪性なわけです。追い込まれ、困り果て、凶悪というしかない犯罪に陥ってしまった。

青木　いずれの事件も死刑判決が確定したんですか。

自らを追い込んで犯罪に突き進んだケースの方が多い

安田　山梨の事件は1審が死刑判決でしたが、2審の高裁段階で無期懲役に減刑されました。名古屋の事件は最後まで死刑判決が維持され、すでに執行されてしまっています。山梨の事件は幼児誘拐ですから、通常ならそちらの方が重いんです。ところが判決は名古屋の女子大生誘拐殺人の方が重かった。

青木　名古屋の女子大生誘拐というのは、性的な目的もあっての犯行だったんですか。

安田　いえ、そういう目的で起こされた事件ではありませんでした。

青木　実際に性的な被害は受けていないと。

安田　受けていません。ただ、名古屋の事件では女子大生をアルバイトに雇うと言っておびき出した形になってしまったんですね。

青木　それは寿司屋のアルバイトに？

安田　いえ、自分の子どもの家庭教師でした。一方、山梨の誘拐殺人はかなり場当たり的でした。借金だらけで行くところがなくなってしまい、公園か何かでどうしようかと考えていたら、たまたま子どもたちが遊んでいたんです。自分も寂しくて仕方ないから、その子どもたちに野球を教えたら、たまたま1人の子どもが残された。その子とも別れたあと、再び偶然出会うんですね。そしてその瞬間、この子を誘拐すれば金になる、借金を返せると思い込み、衝動的に誘拐してしまった。

青木　計画性の有無などが分水嶺だったと。

安田　ただ、いずれにせよ2人とも殺戮を繰り返すような凶悪性はまったくありませんでした。ならば、その事件の原因と問題点をしっかり明らかにし、彼らは彼らで被害者の遺族らとしっかり向き合い、生きてどう罪を償っていくか、また社会にどう失敗を還元するか、その方途をしっかり考える方が僕たちの社会にとってもいいんじゃないかと思ったんですが……。

青木　少なくとも安田さんが引き受け、接してきた死刑被告人や死刑囚の多くは、とてつもなく凶悪であるとか、どうしようもない悪党というわけではなかったと。

安田　そうですね。手がつけられないほどどうしようもないとか、考え方が僕たちと根本的に違うなどという人はいませんでした。少なくとも言葉はきちんと通じるし、むしろ普段は非常に誠実で、だからこそ借りた金を何としても返さなくてはいけないと思い詰めたり、そうやって自らを追い込んで犯罪にまで突き進んでしまったケースの方が多い気がします。

青木　山口県光市で母子殺害事件を引き起こした元少年はどうでしたか。

安田　彼の場合、犯罪をやっているという意識そのものがないに近いと思います。

青木　どういうことですか。

山口県光市のケース

安田　あの事件は、子どもの虐待という深刻な社会問題が背後に横たわっていました。彼は幼少期から父親に強烈な虐待を受けていたんですね。高いところから突き落とされ、頭を打って気絶するほどの虐待だったらしく、逆さ吊りにされて水の中に漬けられるぐらいのことまでやられている。

と同時に彼は、母親からも虐待を受けていました。母親もまた父親からＤＶ（ドメスティック・バイオレンス、家庭内暴力）を受けていて、それを転嫁する形で彼を虐待していたようです。

ところが、そういう状況に耐えられなかったのか、母親は彼が中学1年生のときに自殺してしまうんです。彼は前日の夜、父親に対して、母が自殺するかもしれないから見張っていてねと言って寝るんですね。そして翌朝、彼は死体となって台所の木の床に寝かされている母親と遭遇してしまう。

精神科医の先生方にも鑑定してもらいましたし、誰が考えてもわかる話でもあるのですが、それは子どもにとって猛烈に辛く、心身が切り裂かれるような体験です。実際に彼は、はかりしれない精神的ショックを受けた。だから、それが大きなきっかけとなって精神の成長が止まってしまっていると精神科医の方々はおっしゃるんですね。

どういうことかと言えば、物事をきちんと理解できず、他人の悲しみや苦しみであるとか、相手がいま何を考えているかといったことが、なかなか理解できない。現実と非現実の間を行き来していて、現実をきちんと捉えて自分の行動につなげる能力がない。

しかも母親を眼前で失った子どもですから、母の像が自分のなかでどんどん肥大化していく。そして18歳になり、実際には就職できるほど心は成長していないのに、やはり就職をしていくことになる。

事件を起こしたのは、就職してわずか1週間目のことでした。18歳になって、まだ1カ月も経っていない。就職し、職場に4日だけ通い、それでもう行けなくなってしまう。大人の世界に入って行けないわけです。

それでも大人の世界と同じことをしたかったんでしょう。就職先は水道工事店でした。水道工事屋さんの制服を与えられ、それを着て、道具を持ち出し、事件現場となった集合住宅を一軒一軒訪ね回っていくんですね。「排水の検査に来ました」「水を流してください」などと言いながら。それはまるで学校に行けない子どもが自分の家で学校ごっこをやるに等しいようなものだったと思います。

そして、被害者の家で「どうぞあがってください」と言われたんです。ほかの家ではピンポンを押して、「水を流してください」とか言って、また次の家に行くというようなことを繰り返していたんですが、たまたま被害者宅では招き入れられる形になってしまった。でも、彼はどうしたらいいかわからない。しかも、被害者の女性は非常に優しく迎えてくれた。そこに錯覚状態が起きたんじゃないかというんです。

青木　錯覚状態?

安田　被害者の女性が自分の母親のように思ってしまった。そして甘えるように抱きつくんです。当初は性的な目的ではなく、錯覚して抱きついてしまった。でも女性は当然、びっくり仰天する。彼はどうしていいかわからない。で、大騒ぎになり、彼は押さえ込み続ける。結局、彼女を殺してしまう。そういうなかでも彼は18歳で、性的な感覚もありますから、亡くなった被害者を見て性的な感情を抱き、いわゆる屍姦をしてしまう。

青木　多少の個人差はあるでしょうが、男性の18歳と言えば非常に性的衝動が強い時期でしょう。だから最初から性的な目的で集合住宅を物色していた疑いはないんですか。

安田　それはもう明白に「ノー」です。

解離性障害とは

安田　実際、現場に行って徹底的に調べてみると、彼にピンポンされた住民の方々が口々におっしゃるには、それぞれの家で彼は、住民の顔を見る間もなく逃げ出していってしまっているんです。

青木　ピンポンして、出てくる住民の顔も見ずに？

安田　ええ。もし性的目的だったとするなら、住民がどんな人なのか、誰が住んでいるのかを最低限は確認するでしょう。ところが彼は「水を流してください」などと声をかけるだけで、顔も見ないまま次の家に行ってしまっている。

青木　では、たまたま招き入れられた家で女性を殺しただけでなく、その子どもの幼児までを殺めてしまったのはなぜだったんですか。

安田　それも精神科医の方々が分析しておられるんですが、子どもさんの殺害に関する彼の記憶がほとんど欠落しているんですね。だから強烈な「解離」がその段階で起きたのではないか、と……。

青木　いわゆる「解離性障害」ですか。あまりに辛い体験などに直面した際、体験している自分自身から感情を切り離し、外傷体験から心理的に逃避する一方、自己の統一性を犠牲にして意識や記憶の連続性に問題が生じてしまうことがあるそうですね。強烈な心的外傷を負った子どもがそういう状況に陥った際、万引きや器物損壊、残忍な行動といった問題を起こしてしまうこともあるとか。

安田　ええ。亡くなった子どもさんは11か月の幼児だったんですが、首には紐が巻きつけられていました。これもメディアでセンセーショナルに報じられたとおり、その紐がちょうちょう結びになっていた。

ただ、確かに首には少し跡が残っているんですが、それは単なる鬱血程度に過ぎず、最終的には血管を圧迫されたことによる脳死状態で子どもさんは亡くなっているんです。絞殺の多くの場合、窒息死と表現されていますが、法医学的には頸動脈の圧迫による脳死が正しいとされています。つまり首を絞めた場合、窒息死する前に脳死に至っていることになります。そうすると、殺害ということまで果たして認められるのかどうか……。

青木　殺意を持って紐で絞めたようではないと?

安田　絞めてはいるけれど、ちょっと跡が残る程度なんです。きつく絞めれば「表皮剝脱」と言って、当該部の皮膚がささくれ立ちます。皮膚の下にはさらに内出血も普通は起きる。もっと強く絞めれば、舌骨が折れたり甲状軟骨が損傷したりする。
でも、そうした形跡はない。傷も表皮の剝脱もない。紐の圧迫痕が少しあるだけ。つまり、ちょっと絞めただけで、紐の結び方はちょうちょう結び。しかも心理分析した精神科医によると、どうやら彼はそれを記憶していない。
青木　そのあたりの真相は素人にはなかなか判断は難しい部分ですが、いまでも安田さんはその元少年と会っているんですか。
安田　最低でも1カ月に1度は会っています。
青木　現在は何歳に？
安田　もう38歳ですか。
青木　どうなんですか。たしかに強烈な虐待を受け、母親の自殺まで眼前で目撃してしまったにしても、凄惨な母子殺害事件を引き起こしてしまったわけですよね。反省や贖罪の念は深めているんですか。

ふざけた手紙を書いてしまう

安田　もちろん彼なりに贖罪の念は深めています。不思議といったら語弊はありますが、拘置所の中で成長しているんです。18歳と1カ月で逮捕され、それから外部との接触はなくなっていて、父親も2、3回は面会に来ましたが、「お前なんか早く死ね」というぐらいにあしらわれて、その後は父親からも完全に見捨てられています。

このような状況では精神的に成長する機会などないだろうと誰もが考えていたのですが、拘置所で刑務官の人たちと接し、教誨師（刑務所や拘置所で受刑者らに説教や教え諭すことを任された宗教家。原則としてボランティアの僧侶、牧師らによって行われる）と接し、そして僕たちとも接し、明らかに人間的に成長を続けています。

青木　そのあたりの事実があまり伝えられていないのは僕たちメディアの問題ですが、あらためて光市の事件を振り返ると、この国の刑事司法にとっても非常に大きな転換点になりましたね。死刑制度の存否以前の問題として、死刑適用のハードルが下げられたのではないかと指摘されました。安田さんが元少年の弁護人になったのは最高裁の段階からですね。

安田　そうです。1、2審は別の弁護士が担当し、事実関係についてはほとんど聞かないままで終わっていました。

青木　それは要するに少年事件だから、しかも虐待といった元少年の生育環境などを考慮し、情状を訴える弁護方針だったということですか。

安田　いや、情状を訴えることもきちんとやっていないんです。きつい言い方をすると、死刑判決まで想定される事件としては、弁護らしい弁護をほとんどやっていない。

彼（元少年）本人は当時、法廷で「僕は強姦するつもりなどなかった」「でも結局、奥さんを死なせてしまった」といった言い方をしていました。子どもさんについては「どうしてやったかわからない」と否認していた。

ところがそれを弁護人が掘り下げて聞かない。本人はそれなりにきちんと訴えようとしていたのに、詰めて聞かないまま違うことを聞いてしまったりしている。

どうしてそういう弁護になったのか、当時の弁護人に聞いてみると、「事実を問い詰めていくと、本人にそれを思い出させることになって、本人の精神面が維持できなくなる、崩れてしまうんじゃないかというのが怖かった」ということでした。

たしかに本来、この事件は死刑判決など考えられないんです。被告が18歳の未成年で、被害者は2人ではあるけれど、別々の事件ではなくて同一の機会に行われているから、永山判決の基準からすると、とても死刑になる事件ではない。

青木　いわゆる「永山基準」ですね。1968年に4人が射殺された事件をめぐり、最高裁が1983年の判決で示しました。事件を起こした当時19歳の永山則夫に死刑を宣告しつつ、判決では殺害方法や動機の残虐さ、被告の年齢、前科、被害者数など合計9項目を列挙し、ほかの事件との刑のバランスなどの観点から「やむを得ない場合」には「死刑の選択も許される」と判示しています。

安田　そうです。その従来の基準からすれば、とても死刑にはならないだろうと1、2審の弁護人は考え、社会的な非難はもちろん受けるだろうけれど、早く無期懲役判決を受けて裁判を終わらせようとした。実際に1、2審では弁護人の予測どおりに無期懲役判決が宣告されました。ただ、2審段階では少し危機的な局面もあって、彼（元少年）が非常にふざけた手紙を書いてしまうんですね。

青木　これも週刊誌などでセンセーショナルに報じられましたね。知人宛に書いた手紙の中に「無期でほぼ決まり、7年そこそこで地上に芽を出す」とか「犬がかわいい犬と出会った。そのままやっちゃった。これは罪か」といった記述があって、元少年はまったく反省などしていないと猛批判されました。

安田　手紙の一部だけが切り取られた面はありましたが、これはたしかにとんでもない人間だと、被害者をいまなお陵辱している子どもだと、そう非難されても仕方ない面がありました。

ましてあの手紙を書いたのは1審で無期懲役判決を受ける前後と、控訴審が始まるまでの間でしたから、これは法律をナメている、少年だから刑が軽いことを知っていてナメてるんだと『週刊新潮』などがキャンペーンを張り、これに検察も追随しました。

青木　控訴審では検察側が元少年の手紙を新たに証拠提出しました。これも「反省などしていない」ことを強調するためでしょう。

安田　ええ。控訴審はそういうキャンペーンが渦巻いている中で進みました。

なぜ世論迎合的判決に

安田　ただ、彼は家庭裁判所の調査でも「虚勢を張ってしまう傾向がある」などと認められていて、控訴審の広島高裁もそれにのっとった判決を出しました。本質的なところでは彼も反省の道を進もうとしていて、まだ未熟だけれども将来は反省していくだろうという判断で無期懲役判決を維持した。

これに対して検察は絶対に死刑じゃなければダメだと主張し、総力をあげて死刑判決を取りに行くんです。最高裁の判決は、それによってひっくり返されてしまいました。

青木　2006年6月、最高裁第三小法廷は控訴審の判決を破棄し、広島高裁に審理を差し戻しました。

安田　そこで従来の永山基準もひっくり返されてしまいます。しかも最後の1行だけ……。

青木　最後の1行というと？

安田　先ほど青木さんも指摘されたとおり、永山判決は犯行時の年齢や被害者の数、犯行の残虐さなどを総合的に考慮し、「やむを得ない場合」には「死刑の選択も許される」としていました。

一方、光市の事件をめぐる最高裁の判断も前段の部分は踏襲しつつ、最後の1行だけが完全に違う。さまざまな条件を総合的に考慮し、「特に酌量すべき事情がない限り、死刑の選択をするほかない」と結論づけたんです。死刑という判決が「やむを得ない場合」のものではなく、「特別な事情がなければ死刑」なんだと論理が完全にひっくり返ってしまった。

青木 それは日本の刑事司法が近年、あらゆる面で厳罰化の方向へと舵を切っていることと関連があると見るべきですか。

安田 そういう面は間違いなくあったでしょう。当時は一般市民が刑事裁判に参加する裁判員制度の導入を控えていましたから、裁判員に対するメッセージでもあった。また、メディアや世論の沸騰も明らかに影響を与えました。弁護団の僕たちに対する批判ものすごくて、1週間ぐらいは事務所の電話が鳴り続けましたから。

青木 当時はタレント弁護士だった橋下徹氏なども加わって安田さんや弁護団への批判が燃え広がり、弁護士会に大量の懲戒請求まで押し寄せたそうですからね。

安田 事務所に刃物が送られてくるわ、弁護士会に薬莢まで送りつけられるわ、それこそ最近問題になった国際芸術祭「あいちトリエンナーレ」に対する脅迫どころのレベルじゃなかったと思います。弁護団にすらあれほどの抗議や脅迫が押し寄せたんですから、無期懲役判決を出した1審、2審の裁判所に対しても僕たちと同じレベルの抗議や脅迫があったでしょう。
それでも僕たちは弁護士としてそれを覚悟している面があるし、優秀で忍耐強い事務方もいますからなんとか耐えられましたが、裁判所の窓口などを担っているのは普通のお役人ですからね。ああいう抗議や脅迫が殺到してきたとき、とても耐えられるような力を持っていない。日本の裁判所はそれほどしっかりしていない。おそらくは検察もそうでしょう。だからああいう世論迎合的な判決になったとも推測しているんですが。

青木　そう考えてみると、裁判員裁判の導入を目前に控えた時期に死刑判決が出された光市の母子殺害事件は、厳罰化へと急速に舵を切った近年の刑事司法の象徴的な出来事でしたが、それ以前の大きな転機になったのはやはりオウム真理教事件ですね。そのオウムを率いた麻原彰晃教祖の主任弁護人も安田さんは務めているわけです。

なぜ死刑にこだわるのか

青木　あらためて振り返れば、地下鉄サリン事件が発生し、警視庁を筆頭とする全国警察がオウム真理教への一斉捜査に突入したのは1995年でした。あの狂乱とも言えるメディア報道の渦中で僕も事件取材に走り回っていましたが、オウム事件が日本の刑事司法に及ぼしたインパクトも大きかったでしょう。

安田　そうですね。すでに少し触れましたが、1980年代に死刑事件での冤罪が4件も発覚して、1989年から1993年まで3年4カ月は死刑の執行が止まりました。世界的に見ても、国連では死刑廃止条約が採択されたり、主要国が次々と死刑廃止に踏み切っていった。

いまから振り返れば、景気なども世界的に割合と良かったんですね。冷戦体制が終焉を迎え、各国の政権も比較的安定していて混乱も少なかったから、他罰的ではなくて寛容性があるというか、物事を自制して眺め考えるという雰囲気があったように思います。そのころは青木さん、まだ学生でしたか。

青木　いえ、僕は1990年に通信社の記者になりましたから、当時の雰囲気はそれなりに知っています。

安田　僕がいまでも印象に残っているのは、当時は、大手の新聞社が国会で死刑の是非を論議しないのは惰眠を貪ることにほかならない、なんていう論説まで出てきて、女性週刊誌までが死刑問題を特集で大きく取り上げていました。

本当にいろいろな立場の人たちがいろいろな形で死刑の是非を語っていましたし、世論調査でも死刑廃止を求める声は現在よりもはるかに高くて……。

青木　つまり、フランスが死刑廃止に踏み切ったのに続いて世界的にも死刑廃止が潮流になり始めた1980年代後半から1990年代にかけ、日本も決してその例外ではなく、うまくいっていればその段階で死刑廃止が実現できたかもしれなかったと。

安田　ええ。僕たちが1990年に「死刑廃止フォーラム」という市民団体（正式名称は「死刑廃止国際条約の批准を求めるフォーラム90」）を立ち上げたときは、5年ぐらいで死刑廃止が実現できるのでは、とすら考えていました。東京の清瀬市など3つの自治体の議会では死刑廃止の決議が上っていたりしていましたから。もちろん、そこまで行かなくても、せめて執行を5年間止めることができれば、死刑廃止について多くの人が真剣に考え、現実に廃止の方向になっていくんじゃないかと。

青木　しかし、安田さんが先ほど触れたように、後藤田正晴法相の下で1993年3月に死刑執行が再開されてしまった。晩年はリベラル色の強かった後藤田氏ですが、当時は「法務大臣として法律で定められた義務を果たさないのは怠慢であり、法律違反になる」という論理で執行再開に踏み切っています。

安田　背後では法務・検察がものすごい危機感を抱いたんですね。このままでは本当に死刑が廃止されてしまいかねないと。3年4カ月も執行が止まり、よほど強い法務大臣じゃないと執行できないということで、内閣官房長官という要職などを務めたことのある後藤田氏を呼んできた。

青木　そして執行が再開され、法務・検察は以後、毎年必ず執行を欠かさない姿勢を堅持してきました。しかも、かつては守られていた国会開会中には執行しないであるとか、再審請求中の場合には執行を避けるとか、そういう慣例も近年は次々と打ち破られてしまっています。

さまざまな政治的事情で年末まで死刑の執行ができなかった年には、熱心なクリスチャンになっていた死刑囚をクリスマス当日に処刑したことまでありましたね。その死刑囚については僕も取材して詳しく書きましたが（前掲『絞首刑』に所収）、法務・検察はなぜこれほど執念深く死刑という刑罰にこだわるのか。世論動向もあるのでしょうが、安田さんはどうお考えですか。

安田　これは戦前の大逆事件にまでさかのぼるのではないかと僕は考えているのですがね。

青木　大逆事件ですか。社会主義者たちが明治天皇の暗殺を企てたとして１９１１年、幸徳秋水ら12人が死刑に処された事件にさかのぼるというのは、いったいどういうことですか。

安田　それまで検察官の地位は非常に低かったんです。江戸時代までさかのぼれば、まるで時代劇の「遠山の金さん」で金さんの脇に座っていた書記のような役割に過ぎず、それが明治以降もしばらく続いていた。戦前の司法省は裁判、検察など司法行政全般を司っていましたが、司法省の中の検察官の立場は司法官、つまり裁判官に比べてずっと低かった。

ところが大逆事件をでっちあげ、無辜の人びとを大量に逮捕し、幸徳秋水ら12人を一挙に処刑することで社会の雰囲気を変えました。のちの戦争に突き進む体制づくりに大きく寄与し、それが業績として認められ、司法省の内部における検察官の立場も変わっていくんです。最終的には検事総長が法務大臣と同じランクにまで置かれるようになった。これを主導したのが平沼騏一郎（１８６７〜１９５２年）と松室致（１８５２〜１９３１年）でした。

死刑存置派の最強勢力は検察だと思っている

青木　いずれも戦前の司法官僚で、検事総長まで務めたのちに政治家となり、司法大臣などを歴任しています。特に平沼は国家総動員体制下の1939年、首相にまでのぼりつめて政権を率いていますね。

安田　この2人がコンビになって司法省内部で検察の地位を絶対優位なものにまで引きあげ、「検察ファッショ」などと呼ばれる体制を築きあげたわけです。ついには2人とも枢密院の議長や顧問官などを務め、いわば天皇の顧問会議の重鎮にまで出世しましたから。

その大きな跳躍台になったのが大逆事件でした。天皇暗殺を計画したという名目で幸徳秋水ら12人を死刑に処し、同時にこれで政治や社会の流れがファッショ体制へと変わる大きなきっかけにもなった。歴史的に見れば、これこそ法務・検察が死刑制度に執着を持つ原点だと僕は考えています。

また、検察官が最も重視するのは秩序の維持です。秩序維持のための大きな力は刑罰であり、死刑はその究極に位置づけられている。少し考えてみれば、それは検察官という職業の習性でもあって、検察官とは裁判で常に処罰を求める存在です。しかもそれは「より軽く」ではなく、常に「より重く」という方向で処罰を求めていく。必然的に最も重い極刑を維持しないと、ピラミッド型の秩序が維持できないと考えがちになる。
極端に言えば、最も重い刑罰としての死刑の否定は、自分たちの職業的存在が否定されるに等しい、と検察官の多くは考えるんじゃないでしょうか。だから日本における死刑存置派の最強勢力というのは検察だと僕は思っているくらいです。ほかの国では世論であったり、政治家であったりするわけですが、日本ではピラミッド型の強力な体制を組んでいる検察官僚組織がそびえている。だから容易に変わらない。

青木　それでも戦後しばらくの間は、検察も死刑という刑罰には抑制的に臨んでいた面があったのではないですか。
法務大臣の執行命令を受けるための起案書を作った何人かの検察ＯＢに話を聞いたことがありますが、あるＯＢは膨大な捜査記録や裁判記録をチェックする際に「起案書を作らなくてもいい理由をいつも必死に探していた」と打ち明けてくれました。検察官にしたって、少し真っ当な感覚を持っていれば、人の命を奪う死刑の起案書なんて作りたくはないのだと受け止めました。

安田　そうかもしれません。たしかに以前は多少なりとも抑制的でした。永山判決にあるように、「やむを得ない」場合に限るものとして扱っていた気配もありましたし、先ほど話に出た国会開会中は執行しなかったことなどもその表れのひとつだったでしょう。
なぜ国会開会中の執行を避けていたかといえば、国会で質問されるのを避けたかったからですよ。かつては死刑執行の事実も公表されていませんでしたから、きちんと公表すべきじゃないかと国会で尋ねられた際、法務省の役人がこう答えたことがあるんですね。差し障りがあるので公表できません、と。どんな差し障りがあるのかといえば、法務大臣だってやっぱり人間なんだ、と。選挙民の目もあるからそれだけは勘弁してくれ、と。そのぐらい死刑というのは忌み嫌われ、できるだけ避けたいものだった面はありました。

だから当時は執行の事実を僕らもなかなか知ることができなくて、新聞などがすっぱ抜いて明らかになるか、1年に1回出る「統計年報」などでようやく知ることとさえあったわけです。死刑が宣告されて確定した人の数はわかっていますから、「統計年報」で確定者の数が減っていれば、「あっ、執行されているじゃないか」と。そんな時代もありました。

ところが最近は様変わりしてしまいました。死刑廃止を主張していた国会議員でさえ、法務大臣になると死刑を執行してしまうなど、どんどんと死刑の執行が定着してきてしまって、死刑があるのは当たり前。逆に死刑執行しないと批判が出るような、まるで表と裏が逆転してしまったかのような感すらあります。しかも、これは余談かもしれませんが、死刑という刑罰は、きちんとした法律がない世界なんですよ。

青木　どういうことですか？

日本の死刑は法律の規定がないところで行われている

安田　みなさんあまりご存知ないようですが、死刑を誰が執行するか、という法律の定めはありません。現在は拘置所に配属された刑務官が執行にあたっていますが、それは法律の定めのないところでやっているわけです。

青木　そうか、たしかに刑事訴訟法などを見ても、死刑執行は刑務官が行う、などと書かれていませんね。

安田　そうです。まず、刑法に死刑は「刑事施設」でやると書いてある。死刑の判決を誰が出すかといえば、これはもちろん裁判官ですね。次に刑事手続きを定めた刑事訴訟法を見ていくと、死刑執行を誰が命令するかが書いてあって、これは「法務大臣の命令による」。その執行に誰が立ち会うかも書いてあって、「検察官、検察事務官及び刑事施設の長」。そこまでは書いてあるんですが、しかし肝心の執行者が誰かはどこにも書いていない。

さらにきちんと法律を読むと、執行方法もおかしいんです。再び刑法に戻ると、死刑は「絞首」によって執行すると定められています。つまり、紐で首を絞めるということですね。でも、現在の方法は明らかに「縊首」です。首を吊るんですから。

青木　たしかにそうですね。日本の死刑執行は死刑囚を刑場の中央に立たせ、刑務官たちが首に縄を巻きつけ、ボタンを押すと同時に床が開いて死刑囚が階下に落下し、首吊り状態で死に至らしめる方法です。世界的には異様な執行方法で、憲法が禁ずる残虐な刑罰にあたるのではないかという批判もあるわけですが、少なくとも「絞首」＝「首をしめて殺すこと」（大辞林第3版）というよりは「縊首」＝「首をくくること」（同）ですね。

安田　そう、法律に書いてある方法と違う。そして、誰が執行するかという肝心なことは法律の定めがない。それだけではありません。執行対象をどういう順番で決めるかも定かではないし、処刑される人が弁護人を選べるかどうかの規定もない。執行の事実を事前に告知するか否かも法律の定めがありません。

青木　これも僕は取材しましたが、かつては執行前日には本人に告知し、拘置所長がお別れの会などを開いていたケースすらあったようですね。でも、現在は当日の朝、いきなり刑場に連行して執行しています。事前に告知された死刑囚が自殺騒ぎを起こした例があったためだとも言われますが、いくらなんでもこれは非人道的です。

たとえば米国では執行日を公に事前告知し、執行には死刑囚の家族はもちろん、希望すれば被害者遺族やジャーナリストが立ち会える州もあるそうです。仮に死刑制度を容認するにしても、国家の名の下に命を奪う刑罰の執行は究極の国家権力の行使ですから、その執行が適正に行われているか否かをチェックする方途が担保される必要がある。この点でも日本の死刑制度の現状は相当に異様です。

安田　まったくそのとおりで、現実に日本の死刑は法律の規定がないところで行われている。これはつまり、法務省の行政官が好きなように執行できるということと同じです。法律のコントロールが効かないようなところで死刑が執行されているから、政策的に死刑を利用することだってできてしまう。

現実にそうでしょう。昨年行われたオウム真理教の元幹部13人の執行は、「平成の事件は平成のうちに」などという意味不明な理屈で行われてしまいました。そのためには恩謝の出願や再審請求をしていてもそれを無視する。心神喪失状態にある人の死刑執行は禁じられているのに、そんなことすら考慮せず、平気で執行してしまう。

青木　そのオウム事件ですが、安田さんは麻原教祖の主任弁護人も務めました。そのことをあらためてじっくりお聞かせください。安田さんは先ほどおっしゃっていましたね。死刑判決が想定される多くの事件の弁護を引き受けてきたけれど、オウム事件はやはり少し違ったと。

安田　ええ、違いました。何よりも裁判所が最初からどうするのかを決めていました。裁判も異例の裁判長2人体制で、最初から「2年間で処理する」と僕らに宣言してきました。

青木　戦後最悪クラスの組織犯罪とされる事件だというのに、オウム事件の1審公判はわずか2年でケリをつけるんだと？

麻原の弁護報酬は約400万円

安田　その期間で終わらせると、初めから裁判所は言い放ちました。弁護人は僕を含め合計で12人でしたが、その弁護人を3つのグループに分け、事件も3つに分けて同時並行で、つまり月に6回以上も公判を開いて2年のうちにすべてを終わらせるんだと、裁判所は平気で言っていました。彼らは最初っからそういう進行を考えていたんですね。

実際に一番最初の顔合わせのために裁判所に行った際、まだその時点での弁護人は2人でしたが、裁判官は平然と「この事件は世界に注目されていますから、2年で終わらせるよう協力をお願いします」と言いましたから。いったい何を考えているのかと非常に驚きました。

本来であれば、オウム事件であろうと、小さな窃盗事件であろうと、裁判官はまったく同じように対応すべきです。事件が大きいからとか、メディアが報道しているからといった理由で別の対応をしてしまったら終わりです。

本来は顔色ひとつ変えないのが裁判所だと私は思っていたし、以前の裁判所にはそういう矜持が多少はあったのですが、オウム事件では最初から顔色を変えている。これは私たちがやってきた日本の刑事司法の流れが一気に変わったなと痛感させられました。

青木　基礎的な質問で恐縮なのですが、安田さんは国選で麻原教祖の主任弁護人に就かれたんですよね。

安田　国選です。

青木　これも刑事訴訟法に規定があって、「被告人が貧困その他の事由により弁護人を選任することができないとき」に、請求を受けて裁判所が選任するのが国選弁護人ですね。実際は裁判所が日弁連（日本弁護士連合会）などを通じて依頼するわけでしょうが、実際には誰が、どのように決めたんですか。

安田　麻原彰晃氏のケースでは、裁判所の要請に応えて弁護士会が〝一本釣り〟したんです。僕のところに電話がかかってきて「やってくれないか」という話がありました。僕に提示された条件としては「ほかの弁護人はあなたが好きなように選んでくれ」と。一方、僕が弁護士会に提示したのは「彼（麻原氏）本人の依頼がない限りは引き受けない」と。そうして弁護士会に赴くことになりました。

詳しく話せない部分もありますが、弁護士会としてもヘタな弁護士を出したら恥になりますよね。もちろん非常に優れた弁護士もたくさんいて、起訴されたオウム幹部の弁護をやりはじめていたんですが、彼らの多くも麻原彰晃氏だけはなかなかやりたがらない。それでまあ、なんとか安田を口説き落としてやらせよう、という話になったんでしょう。

青木　どんな極悪人だろうと裁判では弁護人をつけるのは大原則ですが、麻原教祖の弁護を引き受ければ猛烈なプレッシャーがかかるのは必至ですし、関与したとされる事件の数も規模もケタ外れですから、真剣に取り組んだらそれだけでほかの仕事などできないほど忙殺されてしまう。しかも国選弁護なんて報酬は格安でしょう。

安田　しかし、あのときは破格の値段でした。

青木　国選弁護の報酬というのは、あらかじめ決まってるんじゃないんですか。

安田　いえ、実は裁量なんです。もちろん普通の国選なら1件で5万円ほど。それがまあスタンダードで、もっと安いものもある。これにプラスして記録の謄写代を出してくれることもありますが、一切出してくれないこともある。高くてもせいぜい15万円ぐらい。

青木　その程度の格安報酬だと僕も聞いていますが、麻原教祖の場合は破格だったんですか。差し支えなければ、いくらだったか教えていただいてもいいですか。

安田　年間で300万円です。弁護士会もこれに協力して、別途300万円ぐらいは出すと。だからこの弁護に専念し、月6回の公判でも8回の公判でも受けてくれと。最終的に僕は400万円ぐらいしかもらってないと思いますが……。

青木　お話をうかがうとたしかに破格ですが、仮に計600万円だとしても安すぎる。事件の規模と数を考えれば仕事の量と密度は想像を絶するものになるし、ほかの仕事は一切引き受けられないような状況になってしまうわけですから。

安田　そうですね……。ただ、過去に引き受けた死刑事件の弁護なんて、そもそもお金をもらったことなんてありませんから（苦笑）。

それに僕は当時まだ40代でしたから、3日ぐらい徹夜したってどうってことなくて、完徹した翌日に反対尋問ができるぐらい体力がありました。麻原氏の件では4万点ぐらいの証拠がありましたが、片っ端から読み込んで、どう弁護するか戦略を立てて。それでも最終的には体力的にキツくなってきましたけれど。

青木　麻原教祖からもかなり密に話を直接聞いたわけですよね。

麻原は詐欺師ではないと感じた

安田　そうですね。警視庁に初めて会いに行ったとき、「初めまして、安田です」とあいさつしたら、「お待ちしていました」って迎えられたことをよく覚えてます。彼独特のシャレかもしれませんが、私のことも、私が来ることも知っていました。それからはほぼ毎日のように通いました。彼はあまり寝なくても平気らしく、夕方から会いに行って翌日の朝まで話を聞くこともありました。

だから私は可能な限り、事実関係をひとつずつ丁寧に訊いていきました。最初は検察も証拠をなかなか明らかにしなかったから、ともかく本人から話を聞く以外になかったわけです。それに、次第に彼も私を慕って頼ってもらえるようになりましたし、かなり心の内も話してもらえるようになりました。

青木　逮捕後の麻原教祖とそこまで密に話を交わしたのは、取り調べにあたった検察官や警察官などを除けば安田さんしかいないと思うのですが、そうした経験から、麻原彰晃という人物をどう捉えましたか。天性の詐欺師なのか、稀代の凶悪犯なのか、それともやはり宗教家としてひとかどの人物だったのか。

安田　少なくとも、人を騙して何かをするという発想が彼にあるとは感じられませんでした。ものすごくいろいろな話をし、いろいろな場面もありましたが、たとえば彼は「無限につながる輪廻転生の世界があるんだ」と言うんですね。「現在は敵だとしても、何十万年か前には夫婦だったかもしれない」と。宗教的な面では、そういう考えは徹底していました。

だから彼は、死刑になること自体は大した問題だとは考えていなくて、「自分は輪廻転生してきたのだから、また生き返るだけのことだ」と。「修行をすれば宗教的なステージが上がり、最終的には解脱するんだ」と。そういうような話は終始一貫していました。

青木　そんな話を連日、時には朝方まで聞かされるのは大変な作業ですね（苦笑）。

安田　しかし、それが彼の思想や宗教観を解き明かす鍵であり、事件の全体像をつかむためには必須の作業ですからね。一方で彼は、人間的なつきあいを好んでいるという印象を受けました。それも上とか下とかではなく、対等にいろいろな話を聞きたがる。だから事件の中身や思想、宗教観の話以外にも、さまざまな本の話とか、生き方とか死刑制度についてとか、いろいろな話を交わしました。

青木　オウム事件をめぐってしばしば語られたのは、教団の絶対指導者として君臨した麻原教祖が大勢の信者を洗脳し、マインドコントロールして凶悪犯罪に走らせた、という構図です。それにのっとるならば、宗教家の皮をかぶった稀代の詐欺師ということになるでしょう。

安田　詐欺師という感覚は、少なくとも私の中では、彼に当てはまる言葉ではないと思っています。どちらかというと彼は、弟子たちのやっていることを受け入れるタイプだったでしょう。弟子たちのやっていることを止めるのではなく、奨励もしないけれど、容認していく。

たとえば、彼のDNAが特殊なものだと教団は言っていましたが、「なにをバカバカしいことを」と彼は僕に平気で言うわけです。でも、そういうことを遠藤誠一氏（教団の元幹部。教団内では「厚生省大臣」などを務め、サリン生成などを担当したとされる。2018年7月に処刑）が言い出したから、「それをダメだとは言えない」と。または遠藤氏が一生懸命に炭疽菌を生成できたとして、それを皇居にむけて散布するなどと言い出した際のことについては、「あんなものは最初から水だと思っていた」と。

青木　炭疽菌など生成できているわけがなかったと。

安田　ええ。炭疽菌なんて「できっこない」とはっきり言う。実際にそのときは生成できていなかった。サリンにしても、弟子たちがつくると言うんだったら、それは修行としてやらせておけばいい、というのが彼の基本的な考えのようでした。

ただ、宗教的な思想のようなものになると、いずれは「ユダヤとの闘いになる」などと言う。

いわゆる「反ユダヤ」ですが、彼に言わせれば、オウム真理教はキリスト教もイスラム教もヒンズー教も、あらゆる宗教を統合した汎宗教なんだと。だからいずれはユダヤ教との対立になり、ついには最終戦争が起きると。だから武装しなければならないし、信者もその闘いに備えなくちゃならない、と……。

青木　たとえどのような教義を掲げようとも、それはまさに信仰の自由ですが、武装などを主張して実行に移すのは常軌を逸しています。実際に教団はサリンなどの生成には成功し、地下鉄などに散布して甚大な被害を生じさせたわけですから。

安田　そうですね。しかし、人が死ぬであるとか、人を殺すということが、彼にとってはそれほど大した問題ではなかった。なぜかといえば、生き返るから。まさに輪廻転生です。

青木　それはやはり狂気と言うしかありません。ただ、麻原教祖率いるオウム真理教という新興教団は、最初からそういう狂気性というか、陳腐な言葉を使えば、反社会性のようなものを有していたんでしょうか。

安田　私の見方ですが、坂本弁護士一家の事件が大きかったと思います。そのあたりからどんどんと変質していってしまったと思います。

事件を起こしながら拡大させていった宗教観

青木　坂本堤弁護士とその妻子が殺害されたのは１９８９年でした。当初は失踪事件として扱われていましたが、１９９５年の一斉捜査によって教団幹部６人による犯行だったことがようやく明らかになったわけです。僕も警視庁担当記者として事件捜査を取材しましたが、なぜもっと早期に解決できなかったのか、非常に強い疑念を抱き、いまも抱いています。

だって坂本弁護士は教団による被害対策弁護団の立ち上げに関わり、失踪現場とされた横浜市内の自宅アパートには教団のバッジが落ちていたんですよ。しかも犯行に加わった教団幹部が遺体遺棄現場を神奈川県警に情報提供したことまで明らかになっています。

一説によれば、神奈川県警の警備・公安部門が共産党幹部宅を違法盗聴した事件が１９８６年に発覚し、坂本弁護士の所属事務所がそれを追及していたことが怠慢捜査につながっていたのではないか、などとも囁かれました。真相は不明ですが、いずれにしても事件現場を管轄する神奈川県警の捜査は大問題です。坂本弁護士一家事件を早期に解決していれば、のちの教団の暴走はおろか、松本サリン事件や地下鉄サリン事件も起きなかったのですから。

安田　ええ。坂本弁護士一家殺害事件について言えば、計画性がほとんど感じられない事件でした。犯行当日は文化の日の翌日の休日だったのに、みんな暦感覚などが欠落しているものだから、アパート近くの駅で坂本さんが横浜の事務所から帰ってくるのを待ち構えていた。

ところが夜中の12時を過ぎても姿を見せない。どうなっているのかということで坂本さんのアパートに行ったら、坂本さんは家にいてドアのカギまで開いていた。だから犯行に及んでしまったわけですが、逆に彼らは頭を抱えてもしまった。

つまり、教団に対する社会的批判が高まっている中、ついに人を殺してしまい、どうやって自分たちが生き延びるかといえば、国家を自分たちのものにするしかない。それが選挙に出るという行動につながるわけですが、もちろんそんなに簡単に選挙で勝って政権を奪取できるはずもない。私が思うところ、そのあたりから国家転覆とか武装化といった発想が教団内で拡大していったんじゃないかと思います。

さらに言うと、坂本弁護士の事件の前年である1988年に、教団内で修行中の信者が死亡してしまう事故があったんですね。本来はオープンにして謝罪し、今後は気をつけて修行すると言えばよかったのに、彼らはこれを隠してしまった。教団に対する批判が高まってきていたことも大きかったんでしょう。

しかもこの事件に関係して、脱会すると言い出した信者を殺害する事件まで起こしてしまう。これが1989年の2月。そして同じ年の11月に坂本弁護士事件を引き起こした。

青木　それらを機に急速に教団が変質し、狂気性を強めていったわけですか。ところで先ほど安田さんは、人が死ぬことなど大した問題じゃないと麻原教祖が考えていた、とおっしゃいました。輪廻転生、生まれ変わるからだと。それと同一線上にあるのでしょうが、殺人を正当化する「ポア」などという教団のジャーゴン（隠語）もメディアなどで盛んに伝えられましたが、教祖や教団には当初からそういう発想が内包されていたとお考えですか。

安田 僕は後づけの理屈ではないかと考えています。ただし、このあたりがちょっと難しいところで、それは単なる後づけではなく、実際に自分たちの宗教観もそういう方向に合わせて〝成長〟していったのではないか。彼の宗教的な思想そのものは昔からあったものだけれど、決してそれだけではなくて、やはり事件を起こすと同時に、あるいは事件を起こしながら、状況に合わせて自分たちの宗教観も拡大し、強固になっていったのではないか。国家転覆であるとか、「ユダヤとの闘い」などもそうではないかと思います。

青木 要するに、教団内で信者が死亡したり、殺害してしまう事件があり、ついには坂本弁護士一家を殺害する事件まで引き起こし、自己防衛のために反社会性や狂気性を強めていくのと並行し、教義や組織のありようもどんどん変質させて暴走の度合いを深めていったと。

安田 そうですね。また、さまざまな信者がそこに集まり、さまざまな作用や反作用が起きてくるわけです。村井秀夫氏（大阪大学を卒業し、神戸製鋼をへて入信。教団では「科学技術省大臣」などに就いて麻原教祖に次ぐナンバー2などとも指摘されたが、1995年4月に都内の教団本部前で暴力団組員に刺殺された）が存在し、あるいは井上嘉浩氏（教団きっての〝武闘派〟などと指摘され、「諜報省長官」として数々の事件に関わった。死刑判決が確定し、昨年7月に処刑）が登場し、それぞれの宗教観や解釈、それぞれの危機感を抱いて動き始める。たとえば、サリンの生成をそもそも言い出したのは麻原氏ではなくて村井氏です。戦争などという発想を持ち出したのは早川紀代秀氏（教団内で「建設省大臣」などに就いた古参信者。2018年7月に処刑）ではないかと思います。

こうしていちいち挙げていけばキリはありませんが、それぞれいろいろな思いや個性を持った信者が集まり、それぞれが教祖に話を持ちかけ、行動に移してしまうようになる。麻原教祖はそれを容認し、受け入れるんです。やってしまったことは叱らない。坂本弁護士を殺した弟子たちが戻ってくると抱擁する。地下鉄でサリンを撒いた人間も抱擁する。なんていうことをしたんだ、とは絶対に言わない。いつしか過激であることが全部容認され、過激であることが先行し、維持され、拡大されていってしまうようになった。

それぞれの信者の場当たり的な重大犯罪

青木　ある雑誌の依頼で少し前、上祐史浩氏にインタビューした際のことを思い出します。麻原教祖をはじめとする教団幹部が軒並み処刑されてしまった現在、上祐氏は当時の教団内部の雰囲気を知る数少ない証言者ですが、彼も安田さんと同じようなことを言っていました。教団内ではある時期から教祖への〝忠誠合戦〟が蔓延し、教祖の意向を先取りしたい弟子たちが先を争うように過激化したと。

しかもいつしか善悪が完全に反転したと彼は言うんですね。どういうことかと尋ねれば、特攻が英雄視された戦中の日本軍にも似たようなところがあって、教祖の意向を先取りし、過激にどんどん突っ込んでいく者が英雄視され、それをおかしいと言えるような雰囲気ではなくなってしまったんだと。

安田　集団心理そのもの。

青木　ええ。しかも極度に閉鎖的でカルト的な宗教集団ですからね。ただ、一般的には麻原という絶対的教祖が多数の信者をマインドコントロールし、さまざまな凶悪事件を引き起こさせたのであって、すべての事件は麻原の指示によるものだったという見立てがいまも大勢です。地下鉄サリン事件をはじめとする個々の事件については、その引き起こされたメカニズムを安田さんはどう捉えたんでしょうか。

安田　それぞれの事件によって発生の経過も違うし、動機も違うんですね。たとえば地下鉄サリン事件の場合、麻原彰晃氏はむしろよそ見をしていた状態で、主導したのは村井氏や井上氏といった人たちです。彼らはその直前、仮谷さん事件で大失敗を犯してしまったわけです。

青木　目黒公証役場の事務長だった仮谷清志氏を教団施設に拉致し、殺害した事件ですか。実行犯の井上らが仮谷氏を拉致したのは1995年の2月末でしたが、現場を目撃されて教団の犯行である疑いがすぐに浮上しました。警視庁などは教団への一斉捜査に着手する入り口の事件をどうするか頭を悩ませていましたから、教団側にしてみれば警察に格好の口実を与えてしまった形になりました。

安田 ですから、なんとしても警察の動きを止めなくてはならないと彼らは考えたわけです。強制捜査に入られてしまえば、サリンをつくっていたことなどが全部バレてしまう。ではどうするか。まず試みたのが、地下鉄にボツリヌス菌から抽出した猛毒を撒いて大混乱を引き起こすことでした。

青木 地下鉄サリン事件の3日前、ボツリヌス菌を入れた噴霧装置らしきアタッシェケースが地下鉄霞ケ関駅に置かれていた一件ですか。地下鉄サリン事件後に注目されましたが、結局はなんの被害も出ていません。

安田 ええ、完全な失敗だったんです。ボツリヌス菌なんて生成されていなかった。となると、残るはサリンしかない。

ところが読売新聞が1995年の元日、教団施設のあった上九一色村の土壌からサリン残留物を検出したと報じたことを受け、教団ではすべてのサリンを廃棄せよということになっていました。とはいえ、廃棄すると言っても、ただ単に捨てればいいという話ではない。毒性を中和しないと捨てられない。すべて中和して廃棄したはずでしたが、原料の一部を廃棄し忘れていた。それを井上嘉浩氏が預っていた。

井上たちにしてみれば、ボツリヌス菌で失敗してしまったから、もはやサリンしかない。それで、原材料といっても成分的には半分にすぎなかったのですが、それを無理やり調合することにして、土谷正実氏（筑波大大学院を経て入信。教団では化学兵器や薬物などを担当し、死刑判決が確定して2018年7月に処刑）らがつくりだしたんです。だから地下鉄サリン事件で使われたサリンは透明ではなくて、薄い茶色を帯びていたんですね。不純物が多かったわけです。

そういう形で実行された地下鉄サリン事件はつまり、教団のなかの一部信者が自分たちの失策をなんとかしようとしたのが実態でした。それ以前の大きな事件といえば松本サリン事件ですが、こちらは開発者の村井秀夫氏の発案による「実験」が目的です。

たまたま長野県の松本市では教団が裁判を起こされていて、それじゃあ実験を兼ねて裁判所を狙おうとしたけれど、村井氏は事件当日に寝坊をしてしまって、松本に着いた時には、すでに夜になっていて裁判所は閉っていた。どうしようもなくなってしまって、それじゃあ（裁判官の）官舎を狙おうということで、ああいう事件の形になった。

青木　麻原教祖の指示の下、信者たちが統率されて犯行に及んだというより、それぞれの信者が非常に場当たり的な形で重大犯罪に及んでしまったと。

安田　そうですね。ところが一方で彼（麻原教祖）は、実際に東京全体を狙ってもいました。

青木　どういうことですか。

オウム事件の真相をつかむためには、失敗した事件の検証も必要

安田　僕たちが彼の弁護をしていたころは、まだ上九一色村にサティアンと称した教団施設が残っていましたから、実際に現地へ行っていろいろ調べることができました。すると、バラックのような部屋のなかに、アルミか何かで作られた巨大な模型がずらーっと並んでいたんです。それはすごい光景でした。何万分の一か知りませんが、高速道路から橋脚などに至るまで、上九一色村から東京までの……。

青木　広大で精密な模型まで作っていたと。

安田　そうです。上九一色村から東京までの地形がすべて模型になっていて、彼（麻原教祖）が触れば「ここは大月市だね」とか、「ここに道路が走っていて、ここには橋があるね」といったことがわかるようになっていた。

青木　麻原教祖は目が見えないとされていたから……。

安田　ええ。あれはまさに「作戦本部」でした。だから、彼（麻原教祖）が東京を狙っていたのは間違いないと思います。実際に銃を製造させ、教団はヘリコプターまで購入していて、あれはサリンプラントで製造する予定だった70ｔものサリンを撒くためです。

ほかにも大型のクルーザーを2台も買っていて、これは何が目的かといえば、日本中の港湾にボツリヌストキシンを撒くためだったと。そして実際、その一部を実行に移してもいるんです。

新実智光氏（教団古参信者の1人。教団内では「自治省大臣」となり、数々の事件に関わって2018年

7月に処刑）は実際、ボツリヌストキシンを積んだ車で首都高を走り回りながら撒いたというんですね。横須賀の米軍基地に行って撒いたこともあるし、浄水場のある東京の川に撒いたとも語っています。

しかし、いずれもボツリヌス菌の培養に失敗して単なる水に過ぎなかったから助かった。麻原彰晃氏が当時、これが成功すると思っていたかどうかはわかりませんが、誤解を恐れずに言えば、実際に被害が出た事件よりもむしろ、失敗したことの方が実ははるかにすさまじいことをやろうとしていたわけです。

青木　信者殺害や坂本弁護士事件などを契機に教団が急速に変質し、ものすごく特異な閉鎖組織の中で武装化に突き進み、集団の狂気が暴走したけれど、幸いにして多くの事件は失敗に終わったから助かっただけだと。

安田　そう。集団の狂気が2乗、3乗にも化学反応を起こしていた。それは決して一人だけが暴走したわけではなく、閉鎖集団の内側でさまざまな信者の暴走が相互作用的に拡大していったとみるべきです。

だから僕は、オウム真理教事件の真相をきちんとつかむためには、失敗してしまった事件も含めてすべてきちんと検証しなければいけないと思うんです。しかし、そうした部分についてけ検察も封印してしまっている。教団は天皇を狙うために皇居の周りに5カ所もアジトを作っていたのに、そうした事実はオープンにされていない。

そういうものすべてがオープンにされ、極度に閉鎖的な宗教団体というものの存在と、内部でどのような化学変化が起きたのかの真相が一切がっさい明らかにされる必要があります。しかし、明らかにされたとはとても言えない。掘り下げられていない。これではオウム真理教事件の教訓は今後に生かされない。

青木　それは刑事司法というよりメディアの仕事なのかもしれませんが、それにしても麻原教祖の公判をめぐる裁判所の態度は大きな問題でしたね。

主任弁護人となった安田さんは当初、1審の裁判官から「2年で終わらせる」と告げられたとおっしゃいましたが、あれほどの規模と数の事件を2年などという短期の法廷で裁けるはずもない。実際に1審だけで約8年かかったわけですが、控訴審は締め切りまでに控訴趣意書を提出しなかったという理由で事実上行われないまま教祖の裁判は幕を下ろしてしまいました。

大きな分岐点となった井上嘉浩との対決

青木　つまり、戦後最悪クラスの大規模な組織犯罪だったというのに、一応は3審制を取ることの国の裁判は、1審しか行わないまま済ませてしまったわけです。しかも麻原教祖は1審の途中から明らかに精神的な変調をきたしたらしいのに、裁判所や検察は「詐病」だと一蹴してしまいました。弁護人として公判前から麻原教祖と交流を続けた安田さんはどう判断しますか。

本当に「詐病」だったのかどうか。

安田　僕は心理学者でも精神科医でもありませんから、正直に言えば本当のところはわかりません。ただ、僕が見てきた事実だけを申しあげれば、やはり井上嘉浩氏との対決が大きな分岐点でした。

井上氏のホーリーネーム（出家信者に与えられた教団内の宗教名）は「アーナンダ」で、彼（麻原教祖）からすると最愛の弟子だったんですね。ブッダの最愛の弟子の一人が「アーナンダ」ですから、本当にかわいがっていた。

その最愛の弟子が彼の法廷に出てきて、はっきり言えば、裏切ったわけです。しかも裏切った中身というのが、存在しないことを存在すると言い出した。東京・阿佐ヶ谷にあった教団施設から上九一色村へと帰る途中のリムジンのなかで指示を受けたんだと……。

青木　いわゆる「リムジン謀議」ですね。一連の事件の最大の焦点となった地下鉄サリン事件をめぐり、麻原教祖が実行を指示した最有力の証拠とされたのが井上嘉浩の証言でした。

安田　ええ。「リムジン謀議」で指示があったんだと、井上氏がただ一人証言したわけです。ほかの信者は誰もそんなことを言っていないし、実際にそんな指示が出るような状況でもなかった。

ところが井上氏が証言し、有罪の最大の根拠になった。それまではせいぜい村井秀夫氏が教祖の指示であることを漠然とほのめかしていた、といった程度の証言しかなかったのに、井上氏はリムジンの中で「やれ」という明示的な指示があったと言い出した。

青木　検察や警察から猛烈な圧力でもかけられたのか、なんらかの取引が成立して証言を決断したのか、当時取材していた僕たちも首をひねりました。真相は不明ですが、地下鉄サリン事件は一連のオウム事件で最多の被害者を出した事件ですし、この事件と麻原教祖の直接の関係を立証するのは検察や警察にとって最大の目標でしたから、なんとしても井上を説得して証言させたかったのでしょう。

安田　いまでも鮮明に覚えているのは、井上氏への反対尋問をやろうとしたら、彼（麻原教祖）が「やめてくれ」と言い出したことです。「絶対にやめてくれ」と言って聞かない。しかし、反対尋問をしなければ有罪になってしまいます。だから、反対尋問をしないとどうなるか、彼に一生懸命説明しました。

でも彼は言うことを聞かない。なぜかと問えば、「井上は悟った人間だ」と。それまでは私たちに信頼を寄せてくれていたのに、「あなたがたが尋問するなど失礼だ」とまで言う。最後まで徹底的に抵抗され、あのあたりから彼は明らかにおかしくなっていって……。

その後、（東京拘置所に）会いに行ったら、すでにもうグズグズの惨状でした。鼻水を垂らしっぱなし、目ヤニはいっぱいで、一方的にワーッとしゃべり続けるだけ。その内容もどんどん聞き取りづらくなっていった。

それからは一進一退で、ちょっと良くなったり悪くなったり、それを繰り返すうちにますます悪化していって……。やはり最愛の弟子との対決にはものすごい心理的な葛藤があったのではないかと思います。

社会全体で「終了」という判子を押してしまった

安田　あるいは、ひょっとすると麻原彰晃氏にしてみれば、お前らが勝手に事件を起こしておいて、いまさら何を言い出すんだという気持ちだったのかもしれません。ただ、間違いなく自分の宗教的基盤が目の前で無残に崩れてしまった。教祖と愛弟子という関係が、井上証言によって潰されてしまった。いずれにせよ、彼にとってはものすごいショックだったんでしょう。

一方で精神科医の方々に聞けば、いわゆる心因性の拘禁反応もあるだろうと。独房に長期間閉じ込められている影響も大きいということでしたが、早期にきちんとした治療を施せばいくらでも治ったんじゃないかと思うんです。

青木　しかし、裁判所も検察も「詐病」と決めつけ、治療などは施さず、公判も1審しか行わないまま幕引きし、ついには教祖ら13人を処刑してしまいました。安田さんもおっしゃったとおり、「平成の事件は平成のうちに」などというわけのわからない理屈で。

安田　いわば〝生き証人〟を全員殺してしまったんです。彼らは事件を引き起こした当事者であると同時に証人でもありました。それをすべて消して終わりにしてしまった。社会全体で

「終了」という判子を押してしまった。もはや事件の真相も教訓も、語れる人はいません。

先日、私は彼（麻原教祖）との接見の際のメモを久しぶりに読み直したんですが、いまから考えたら、まだまだらわべだけの会話だったと痛感しました。

当時は私なりにかなり必死に彼と会って、時間も相当費やしたんですが、とてもすべてを聞き出せたとはいえない。納得できないことをもっととことん彼に聞き、彼が気づいていないことにも私らが気づく、そういうことまではとても行きついていなかった。そういうことを少しだけやりかけたところで彼が〝破裂〟してしまった……というのが現在の率直な実感です。

実をいうと彼、毛沢東や戦前日本の国粋主義の思想家などからも相当影響を受けていたようなんです。親族に中国との交流事業に関わっている人がいた関係で中国に関心を寄せ、若いころは中国語を独学で学んでいたこともあったようです。毛沢東全集なども読破していたらしく、僕との接見メモの中にもそういう話がたくさん出てくる。

青木　そうなんですか。初めて聞きました。

安田　そういう彼の生い立ちも含めた真相をきちんと突き詰めていれば、もちろん彼の思想や行動に同意などできないにせよ、少なくとも理解できるものになったんだろうと思うんです。

しかし、さまざまなものを封印して裁判を打ち切り、死刑によって彼らを消し去ってしまったことでいったい何が残ったか。とてつもなく乱暴で、凶悪というレベルを超えた狂気の犯罪者集団……、その危険性と恐怖……、そういった感情だけが残されてしまったのではないでしょうか。その恐怖や社会不安が日本の刑事司法を変えてしまっただけでなく、社会の方向性までも変えてしまったのではないかと私は思います。

青木　そうした恐怖や不安によって不寛容の風潮が一層強まり、刑事司法は厳罰化への道を突き進んでしまっている。だから世界の潮流が死刑廃止へと大きく舵を切っているにもかかわらず、この国では圧倒的多数が死刑制度の維持を求め、異例の大量執行にも疑問の声すら上がらなくなってしまっていると、確かにそういうことにつながった面はあるのかもしれません。

（２０１９年10月17日）

安田好弘（やすだ・よしひろ）

１９４７年、兵庫県生まれ。弁護士（第二東京弁護士会）。一橋大学法学部卒業。死刑廃止フォーラム90メンバー、アムネスティ日本会員、日本弁護士連合会死刑執行停止法等実行委員会委員。99年、死刑廃止運動への貢献が認められ、多田謡子反権力人権賞受賞。「新宿西口バス放火事件」「山梨幼児誘拐殺人事件」など死刑が求刑された事件の刑事弁護を数多く担当。またオウム真理教の麻原彰晃、山口県光市母子殺害事件の元少年らも弁護、一貫して死刑廃止を訴える。オウム真理教の裁判にからみ自身も強制執行妨害容疑で逮捕され、1審で無罪、2審で罰金50万円の有罪判決となる。耐震偽装事件のヒューザー元社長・小嶋進、和歌山カレー事件の林眞須美など、世論のバッシングを受けた人物の弁護も担当した。２０１１年、東海テレビにて安田好弘を扱ったドキュメンタリー「死刑弁護人」が放映され、芸術選奨文部科学大臣賞（放送部門）を受賞、翌年劇場公開。著書に『死刑弁護人　生きるという権利』（講談社）、『メルトダウンする憲法・進行する排除社会―暴排条例と暴対法改訂の「いま」』（共著、同時代社)。

おわりに

あれはもう5年以上も前のことになるだろうか。スタジオジブリの鈴木敏夫さんから突然、人を介して私のもとに連絡があった。一度会って話がしたい、と。

いったい何ごとだろうかと訝りつつ、初めてお目にかかったのはたしか、鈴木さん自身が〝隠れ家〟と称している東京都内にあるマンションの一室だったと記憶している。そこは壁一面の書棚におびただしい数の文学書やノンフィクション、写真集、映画関連書籍などが収められた瀟洒で素敵な〝隠れ家〟だった。

私自身、もちろん映画やアニメーションが嫌いではない。宮崎駿さんや高畑勲さんの手によるスタジオジブリの作品群もひととおりは観てきた。とはいえ、映画やアニメーションの世界に精通しているわけではない。

そんな私と会って何を話したいのだろうと直前まで首をひねりながら〝隠れ家〟を訪ね、おずおずと尋ねてみれば、私が当時レギュラー出演していたBSテレビの報道番組を鈴木さんが熱心に観ていて、その番組のなかでの私のリポートや発言に共感し、とにかく一度会って話をしてみたかったんだ、というのだった。

私より20歳近くも年上の大先輩を相手にこのようなことを書くのは失礼だと承知しているが、お目にかかってすぐに意気投合した。少なくとも私は、かなりリラックスして談笑の時を過ごした。考えてみれば、それも当然だった。

近年はスタジオジブリの経営を差配する敏腕映画プロデューサーとして知られる鈴木さんだが、もともとは徳間書店に長く在籍していた雑誌編集者、なにごとかを取材して文章を紡ぐことを本業としている私と根っこは同じだったのである。いや、厳密に言えば編集者と書き手だから、「凹」と「凸」の関係というべきか、共通の知人なども多く、私にとってみれば信頼できる先輩編集者と話をしているようですっかり意気投合した。

そうして鈴木さんが発行人を務めるスタジオジブリ出版部の小冊子『熱風』での仕事に関わるようにもなった。最初の大きな仕事となったのは、沖縄県知事だった故・翁長雄志さんへのロングインタビューだったように思う。上京中だった翁長さんへの取材には鈴木さんも同席し、沖縄の歴史や基地問題について一緒になって熱心に尋ね、私が書き手になった記事は間もなく『熱風』に掲載された。

ほぼ同時に『熱風』誌上での連載対談「日本人と戦後70年」もスタートした。対談相手は私と編集部が選び、これもまた私が書き手にもなる形での連載は現在も続いていて、「はじめに」でも記したとおり、これまで優に40人を超える方々に登場していただいている。本書に収録したのはそのうちの9編、全体からみればほんの一部であり、タイトルに込めた想いなども「はじめに」で書いたのでここでは繰り返さない。

ただ、最後にちょっとした私的感情を記すことを許していただけるなら、人との出会いや仕事というものは実に不思議で面白いものだなと、この『あとがき』を書きながらしみじみと感じている。

鈴木さんが熱心に観てくれていたというBSテレビの報道番組は、制作スタッフの顔ぶれも中身も現在のテレビ業界ではかなり「尖った」もので、わずか1年ほどで打ち切りになって終了してしまった。理由はいろいろあったようだが、あまりに「尖った」内容が打ち切りの大きな原因のひとつだったと、あとで番組スタッフから聞かされた。

だが、「尖った」番組だったからこそ、鈴木さんが関心を抱き、気に入ってくれたのだろう。私にしてみればそれが鈴木さんとの機縁につながり、『熱風』誌上での連載対談へと発展し、それがいまなお継続している。一方、最近は私の時評集などを手掛けてくれている河出書房新社の阿部晴政さんが連載に注目し、こうして書籍化に乗り出してくれることとなった。

つまり、もう5年以上も前の話になる「尖った」番組への出演がきっかけとなり、新たな仕事がはじまって継続して発展して、それが一冊の対談集となって結実した。また今後、続編も計画されている。事前に何ひとつ予期していたわけではないのに、さまざまな縁と縁が連なって転がり、広がり、形になっていく。私としては、これほどうれしく、幸せなことはない。

だからあの番組――『いま日本は』で一緒に仕事をしたスタッフにも、鈴木敏夫さんや『熱風』で編集を担当してくれている額田久徳さんと森田由利さんにも、河出書房新社の阿部晴政さんにも、そして何より対談に登場していただいたみなさんに、心からの謝辞を最後に記させていただきたいと思う。

2020年5月1日

コロナ禍で「外出自粛」が「要請」されている、東京都内の仕事場で

青木　理

本書はスタジオジブリ刊行の月刊誌『熱風』で２０１５年7月から連載されている青木理「日本人と戦後70年」より9人（10回分）を選んだものです。各章扉裏は書下ろしです。

青木理（あおき・おさむ）
1966年生まれ。共同通信記者を経て、フリーのジャーナリスト、ノンフィクション作家。緻密な取材と深い洞察によって時代の深層に肉薄する。著書に『日本の公安警察』（講談社現代新書）、『国策捜査』（金曜日、増補版は角川文庫）、『絞首刑』（講談社、文庫化）、『日本会議の正体』（平凡社新書）、『安倍三代』（朝日新聞出版）、『情報隠蔽国家』『暗黒のスキャンダル国家』（ともに河出書房新社）など多数。

時代の抵抗者たち

二〇二〇年五月二〇日　初版印刷
二〇二〇年五月三〇日　初版発行

著者——青木理
ブックデザイン——鈴木成一デザイン室
発行者——小野寺優
発行所——株式会社河出書房新社
〒一五一-〇〇五一
東京都渋谷区千駄ヶ谷二-三二-二
電話　〇三-三四〇四-一二〇一［営業］
〇三-三四〇四-八六一一［編集］
http://www.kawade.co.jp/

組版——KAWADE DTP WORKS
印刷・製本——三松堂株式会社

Printed in Japan
ISBN978-4-309-24952-0

情報隠蔽国家

青木理

現役自衛官による日米同盟の闇への告発、公安調査庁調査官などによるスパイ活動の実態暴露などをつうじて国家の情報管理と市民監視の本質をあきらかにする衝撃のノンフィクション。

暗黒のスキャンダル国家

青木理

情報隠蔽、文書改ざん、警察の専横、米国追従、武器購入、官製ヘイト……スキャンダルそのものと化した現政権を徹底的に暴き、「抵抗するジャーナリズム」の死活を賭けた瞠目の力篇。

オウムと死刑

河出書房新社編集部編

オウム13名死刑執行を機にオウムとは何だったのか、死刑とは何か、そしてこの時代を問いかける論集。森達也、田口ランディ、伊東乾、宮内勝典、星野智幸、青木理、片山杜秀、大石圭など。

日航123便墜落の新事実　目撃証言から真相に迫る

青山透子

先輩を失った元スチュワーデスが当時の警察・自衛隊・政府関係者、医師、遺族、目撃者らに取材を重ねた先に見えた新事実。墜落の真相解明に拘り続ける理由と事実を見つめる勇気を伝える。